Hannelore Deinert

An einem Weihnachtstag ist nichts unmöglich.

Bibliografische Information der Deutschen Nationalbibliothek: Die Deutsche Nationalbibliothek verzeichnet diese Publikation in der Deutschen Nationalbibliografie; detaillierte bibliografische Daten sind im Internet über dnb.dnb.de abrufbar.

Herstellung und Verlag:

BoD - Books on Demand, Norderstedt

ISBN: 9783757883966

FSC
www.fsc.org
MIX
Papier aus ver-
antwortungsvollen
Quellen
Paper from
responsible sources
FSC® C105338

An einem Weihnachtstag.

Lukas zog den Handkarren mit dem Bruchholz, das er auch heute wieder reichlich im Wald fand, durch den vereisten Schneematsch am Straßenrand. Der Neuschnee hatte ihm das Sammeln schwer gemacht und das Schieben jetzt war auch mühsam, er musste öfter mal innehalten um zu verschnaufen, aber Lukas war dennoch froh, das gesammelte Holz würde nun eine Weile die Stube warm halten und die Geschwister brauchten nicht zu frieren.

Das dicke Auto, das an ihm vorbeifuhr und ihn reichlich mit Schneematsch bespritzte, nahm er nur am Rande wahr.

Heute war der Weihnachtstag und heute, das wusste Lukas, konnten wundersame Dinge passieren.

Roman saß im Fond des gut temperierten Wagens seines Vaters, auf einem der bequemen Ledersitze, und schaute gelangweilt aus dem Fenster in den vorbeigleitenden, froststarren Wald hinein. Herr Lutz, der Chauffeur, hatte ihn von der Kirche abgeholt, wo der Knabenchor bereits für den bevorstehenden Neujahrsgottesdienst geübt hatte. Das war soweit in Ordnung, fand Roman, aber dass er hernach zu Hause bei der Weihnachtsfeier wieder vor der versammelten Sippschaft singen sollte, das fand er gelinde gesagt völlig überflüssig. Während seiner Abwesenheit würde der Baum, der vor Tagen in der Villa seines Vaters aufgestellt worden war und bis zur hohen Decke des Saloons reichte, unter der Anleitung der Mutter geschmückt werden. Zweifelsohne wunderschön, so wie jedes Jahr, wenn er nur nicht wieder davor singen müsste."

„Obwohl", überlegte Roman und verzog missmutig die Mundwinkel nach unten, „das ist immer noch besser, als wenn die Verwandten sängen, dabei konnte man mühelos neben dem Kachelofen eine Gänsehaut bekommen. Und dann die unmöglichen Geschenke, die sie mitbrachten, sie zeigten überdeutlich, dass sie sich nicht für ihn interessierten, noch ihn kannten. Im letzten Jahr zum Beispiel schenkten ihm Tante Adelheit und Onkel Albert ein albernes, ferngesteuertes Auto, dass er bereits zwölf Jahre alt ist, scheinen sie völlig zu übersehen. Und dann das unter Beobachtung stehende Auspacken, das sich Bedanken müssen, die feuchten Küsse und zur Schau gestellten Freude, grauslich. Dabei wusste und spürte Roman genau, sie mochten sich nicht sonderlich leiden, besonders ihn nicht wegen seiner Streiche, die er ihnen gelegentlich spielte. Um ehrlich zu sein hatte es unlängst mächtig Spaß gemacht, als Tante Sybille kreischend und ihre Stöckelschuhe verlierend vor einer elektrischen Maus Reißaus genommen hatte, köstlich, sie fürchtet sich vor alles, was huscht und krabbelt. Oder letzten Sommer bei der Geburtstagsfeier von Tante Olga, wo Onkel Herbert vergeblich versucht hatte die Sprinkleranlage abzudrehen, während vor allem die Damen aus Sorge um ihre Frisuren und Garderoben schreiend das Weite gesucht hatten, da war Bewegung in die fade Party gekommen, was der wohlgenährten Gesellschaft ganz bestimmt nicht geschadet hat. Um die Torten freilich war es schade gewesen, die waren futsch, okay, und die Verwandten waren brüskiert und eine Weile auf Distance gegangen, was weiter nicht schlimm war. Heute allerdings ist zu befürchten, dass alle wieder komplett da sein werden, aber bestimmt wird sich auch dieses Mal eine Gelegenheit finden, die Weihnachtsparty ein wenig aufzuheitern.

Vor ihnen tauchte am Straßenrand ein Junge auf, er zog eine mit Bruchholz beladene Handkarre hinter sich her. Roman registrierte im Vorbeifahren die armselige Gestalt, nahm flüchtig das vor Anstrengung rote Gesicht des Jungen wahr, den weißen Atemhauch vor seinem Mund, seine schäbige Joppe und Hose, die löchrigen Handschuhe an der Deichsel der Karre und die ausgeleierten Stiefel, mit denen er durch den gefrorenen Matsch stampfte. Aber da waren sie schon vorbei und der Junge im Wald war vergessen.

Solch armen Leuten wurde schließlich ausreichend geholfen, es gab entsprechende Organisationen, an die sein Vater, der Kaufhausbesitzer Sebastian Straubinger, jedes Weihnachten Unsummen spendete, wie Roman wusste, sein Vater betonte es deutlich genug. Viele Menschen fanden in seinem Kaufhaus Arbeit und Brot, allerdings fanden Taugenichtse und Arbeitsscheue kein Verständnis und kein Erbarmen bei ihm. „Wer nicht spurt fliegt raus", war Vaters Motto, „wo käme man bei den vielen Angestellten ohne Disziplin hin." Erst kürzlich musste er einen Verkäufer fristlos entlassen, weil er zum wiederholten Male zu spät zur Arbeit kam, angeblich wegen eines kranken Kindes.

„Um faule Ausreden sind diese Typen nie verlegen!", hatte sein Vater gewettert. „Würde man sowas durchgehen lassen, wäre es bald vorbei mit der Arbeitsmoral."

Roman schreckte aus seinen Gedanken hoch, der Motor stotterte plötzlich, Chauffeur Lutz konnte den Wagen gerade noch an den Straßenrand lenken, wo er im Schnee stecken blieb.

„Verdammt!“, murmelte er. „Sieht verflixt nach einer verstopften Benzinleitung aus. Ausgerechnet jetzt und hier, mitten in der Pampa!“

Da kam der Junge mit seiner mit Bruchholz vollbeladenen Handkarre vorbei, er musste ungefähr in Romans Alter sein.

Chauffeur Lutz öffnete die Autotür, stieg aus und rief ihm zu: „Hey, du! Weißt du, ob es hier in der Nähe eine Autowerkstatt gibt?“

Der Junge hielt mit seinem Karren an und blickte sich um. „Im nächsten Ort, an der Hauptstraße ist die Autowerkstatt Siebert“, antwortete er knapp. Dann schob er seine Karre weiter.

Herr Lutz suchte in seinem Autohandbuch nach der Autowerkstatt Siebert, fand die Nummer und wählte sie auf seinem Handy. Eine Männerstimme meldete sich, Lutz schilderte kurz seine Situation, gab seinen Standort an und bat um schnelle Hilfe.

Danach wandte er sich an Roman, der ungeduldig abwartend auf einem Rücksitz saß.

„Erst die gute Nachricht, Roman“, meinte er. „In der Werkstatt ist ein Mechaniker, aber er ist heute am Weihnachtstag allein in der Werkstatt, es kann also dauern, bis er kommen und das Auto unter Umständen abschleppen kann, sagte er. Was machen wir solange mit dir, Roman? Du wirst frieren.“

Roman zog fröstelnd die Schultern hoch und schaute besorgt zum bereiften Wald hinüber, die schneebedeckten Felder ringsum sahen auch nicht gerade einladend aus.

Herr Lutz stieg aus dem Auto. „Hey, du!“, rief er dem Jungen nach, der sich mit seinem Handkarren schon ein Stückchen entfernt hatte. „Wohnst du hier in der Nähe?“

„Da vorne“, antwortete der Junge. „In der Hütte!“

Herr Lutz beugte sich zu Roman ins Auto und rieb sich dabei fröstelnd die behandschuhten Hände. „Ist es in Ordnung für dich, Roman, wenn du in der Hütte auf mich wartest?“, fragte er. „Es kann nicht allzu lange dauern, sobald wie möglich hole ich dich dort ab.“

Als Roman eine missmutige Flunsch zog, meinte er: „Keine Sorge, Roman, womöglich muss nur die Benzinleitung durchgepustet werden!“

Er rief den Jungen zurück und erklärte ihm kurz, um was es geht, dann drückte er ihm ein Geldstück in die mit einem löchrigen Handschuh kaum geschützte Hand. „Kauf dir ein paar anständige Handschuhe, Junge“, meinte er dabei gönnerhaft.

Roman stapfte missmutig neben dem Jungen her, ausgerechnet jetzt und auf der einsamen Landstraße musste das passieren. Dass sich der Jungen neben ihm schwer ins Zeug legen musste, um den Handkarren durch den vereisten Schneematsch zu schieben sah er nicht.

Schließlich blieb der Junge stehen, um sich ein wenig zu verschnaufen. „Ich heiße übrigens Lukas", meinte er. „Pack ruhig mit an, dann geht's leichter und schneller."

Roman betrachte misstrauisch die beladene Handkarre, damit würde er sich bestimmt nicht die Klamotten ruinieren. Aber als es gar nicht recht vorwärtsgehen wollte, schob er doch von hinten mit an. Dabei bemerkte er zu seiner Verwunderung, dass es kein Bruchholz war, das auf dem Karren lag, sondern ein riesiger Eisklumpen. Der Handkarren ächzte und knarrte unter der Last, die dünnen Räder wackelten und verbogen sich bedrohlich, Roman befürchtete, gleich wird der Karren zusammenbrechen und schob kräftig von hinten mit an, wobei er gehörig ins Schwitzen geriet. Endlich erreichten sie eine Lichtung, auf der sich einen Steinwurf entfernt eine armselige Hütte unter schneebeladenen Nadelbäumen duckte. Die Jungs schoben und zerrten den Karren mit seiner schweren, seltsamen Last auf einer breiten Schneespur hin zur Hütte.

Roman wischte sich mit seiner behandschuhten Hand über die schweißnasse Stirn, seltsamerweise war er von einem nie gekannten, stolzen Gefühl beseelt, ein sehr gutes Gefühl, das er bisher nicht kannte. Der Eisblock war mit seiner Hilfe bis hierher gebracht worden.

„Hilfst du mir den Karren zu entladen", bat Lukas.

Roman war zu verblüfft von der Selbstverständlichkeit, wie das von ihm erwartet wurde, dass er ohne Widerspruch half den Eisblock vom Karren zu schieben. Auf seine Klamotten brauchte er nun keine Rücksicht mehr zu nehmen, die waren ruiniert. Aber das spielte eigenartigerweise keine Rolle mehr für ihn.

In der Hütte war es dämmrig und kühl, durch zwei vereiste Fensterchen drang trübes Tageslicht herein. Roman schaute sich neugierig um, der grobe Holztisch in der Mitte des Raums, die Bänke um ihn herum, der altertümliche Herd mit dem Ofenrohr und dem großen, etwas verbeulten Topf darauf, auch die davor in der Asche liegende, große, graue Katze, die ihn mit runden, grünen Augen misstrauisch anstarrte, ließen ihn unwillkürlich an ein etwas gruseliges Märchen denken. Ungläubig betrachtete er die Holzgestelle mit den dünnen Matratzen entlang der grauen, lehmgetünchten Wand, Kinder, in dünne Decken gewickelt, saßen darauf, sie betrachteten ihn neugierig, aus der unscheinbaren Futterkrippe daneben kam ein leises Wimmern. Als der große Bruder mit dem fremden Jungen hereinkam, wickelten sich zwei der Kinder, wohl die größeren, aus ihren Decken.

„Lena, hast du Holz gemacht?", fragte Lukas, und den Bruder erinnerte er: „Hans, hast du Wasser heiß gemacht?"

Während sich die zwei angesprochenen Kinder daran machten, ihren Aufgaben nachzukommen, nahm Lukas eine Blechdose von einem Holzregal und legte das Geldstück, das er vorhin vom Chauffeur bekommen hatte, hinein. „Für Mutter", erklärte er dabei, „sie wird es brauchen."

Hans griff sich einen Eimer, um Wasser von der Quelle zu holen und Lena nahm den großen Korb neben dem Herd und meinte zu Roman, der etwas verloren herumstand: „Wenn du mir beim Holzhacken hilfst, dann geht's leichter und schneller."

„Aber habt ihr denn niemanden, der für euch Holz hackt?“, fragte Roman verwundert. Lena schüttelte nur den Kopf und bedachte ihn mit einem erstaunten Blick.

Roman folgte ihr hinaus, der große Eisblock lag bläulich schimmernd vor die Hütte. Hinter der Hütte befand sich ein dicker Holzklotz, in dem ein Beil steckte, ein großer Haufen Bruchholz lag daneben.

„Du hackst davon kleine Scheite ab und ich sammle sie in den Korb“, schlug Lena vor. Roman wusste bis dahin nicht einmal, dass es sowas wie Holzhacken gibt, aber er genierte sich dies vor dem zerlumpten, kleinen Mädchen zuzugeben, für sie schien Holzhacken ganz normal zu sein. „Wenn sie es kann“, dachte er sich, „dann werde ich es wohl auch können.“ Er legte sich einen nicht zu dicken Ast auf den Klotz zurecht, nahm den Beilschaft fest in beide behandschuhten Hände, holte aus und… schlug daneben.

„Komm, ich zeig es dir!“, meinte Lena sanft und zeigte ihm, wie es geht. Roman gab sich danach redlich Mühe, auch wenn er oft danebenschlug, so gelang es ihm doch einige Äste durchzuhauen. Lena sammelte die Scheite still in den Korb und als er gut gefüllt war, trugen sie ihn zusammen ins Haus.

Roman glaubte im Vorbeigehen zu bemerken, dass der große Eisklumpen vor der Hütte ein wenig kleiner geworden war, was bei der Eiseskälte eigentlich nicht sein konnte. Seine Arme und Schultern taten von der ungewohnten Arbeit arg weh, trotzdem erfüllte ihn ein gutes Gefühl der Zufriedenheit, ein Gefühl, das er bisher nicht kannte. Das defekte Auto, Chauffeur Lutz und die anstehende Weihnachtsfeier mit den Verwandten waren für den Moment vergessen.

In der Hütte war es inzwischen ein wenig wärmer geworden, die jüngeren Geschwister fegten den Lehmboden, auf dem Herd köchelte es im Topf, es duftete nach guter Kartoffelsuppe. Lena und Roman stellten den Korb vor den Herd ab, die große Katze machte ihnen widerwillig fauchend Platz. Lukas, der große Bruder, legte Scheite in das Ofenloch und verriegelte dann das Ofentürchen. Er bat Roman, kurz auf das kranke Baby aufzupassen, er möchte mit den Geschwistern am Waldrand Zweige sammeln, um damit die Stube ein wenig zu schmücken. Mutter würde sich, wenn sie heimkommt darüber freuen."

Unversehens war Roman allein. Er hörte das Baby in der Krippe wimmern, beunruhigt wagte er einen Blick darauf. Das Kindchen darin schaute ihn mit fiebrigen, großen Augen an und fuhr unruhig mit den Ärmchen über die grobe Häkeldecke. Roman hoffte inständig, dass es nicht weinen möge, aber dann begann es doch kläglich zu weinen. Roman überwand sich, fasste das Kindchen vorsichtig unter die Ärmchen und Beinchen und hob es heraus. Das Kindchen legte sein feuchtes Köpfchen auf seine Brust und schien zufrieden. Roman wiegte es sanft in seinen Armen und summte eine Melodie, ein Weihnachtslied, das er in der Kirche mit dem Kinderchor geübt hatte.

„Vom Himmel kam der Engel Schar, erschien den Hirten wunderbar.

Sie sangen und verkündeten: Ein Kindlein zart, es liegt dort in der Krippe hart."

Das Kind ruhte geborgen an seiner Brust, Roman aber durchströmte ein unsägliches Glücksgefühl, ein Glücksgefühl, das er bisher nicht kannte und auch nicht für möglich gehalten hätte.

Die Geschwister kamen mit Zweigen und frostbereiften Kiefernzapfen zurück, sie schmückten damit eifrig die Stube. Roman legte das schlafende Kindchen zurück in die Krippe.

Kurz darauf betrat eine junge, schlicht gekleidete Frau die Stube. Sie trug um den Kopf und den Schultern ein gehäkeltes Wolltuch, an ihrem Arm hing ein großer Korb.

„Mutter! Mutter!", riefen die Kinder und umringten sie freudig. „Hast du uns etwas mitgebracht?"

Sie drückte und herzte jedes Kind, dann stellte sie den mit einem Tuch abgedeckten Korb auf den Tisch, lobte ihre Kinder wegen der so hübsch geschmückten Stube, in der es so angenehm warm war und nach guter Suppe roch. „Heute ist ein guter Tag", meinte sie froh. „Es gab viel zu waschen, zu flicken und zu bügeln. Die Leute waren großzügig, sie gaben mir viele feine Sachen mit. Schaut nur!"

Sie nahm das Tuch vom Korb und breitete seinen Inhalt auf dem Tisch aus, die Kinder betrachteten staunend die unerwartete Fülle an Lebkuchen, Plätzchen, Nüssen, Orangen. „Sogar ein Glas Honig hast du mitgebracht, Mutter", bemerkte Lina, nachdem sie das Etikett eines Glases studiert hatte. Die große Katze kam angeschlichen und hob schnuppernd die kleine Nase, ihre Barthaare zitterten begehrlich bei dem ungewohnt köstlichen Duft, der sich in der Stube breit machte.

Roman aber schaute fasziniert auf die Familie, diese Menschen hier freuten sich über alltägliche Dinge so, als wären es die feinsten Leckerbissen. Mit Erstaunen bemerkte er, dass er sie ob ihrer Freude und herzlichen Gemeinschaft beneidete, sowas kannte er nicht.

Die Mutter nahm ihr Wolltuch von ihren Schultern und wandte sich der Krippe zu, da erst bemerkte sie Roman. „Oh", meinte sie lächelnd, „wir haben Besuch?"

Während sie dem Kindchen in der Krippe die kleine Stirn befühlte und es in frische Windeln winkelte, erzählte ihr Roman vom defekten Auto und dass ihn der Chauffeur seines Vaters, sobald es repariert sein wird abholen würde.

„Ich bin froh, hier zu sein", fügte er hinzu, und das meinte er zu seiner eigenen Verwunderung wirklich.

Nachdem das Kind versorgt war, setzte sich die Mutter mit ihm auf eine Bank, um es zu stillen. Der große Kater legte sich schnurrend und wärmend auf ihre Füße.

„Vater wird wohl heute auch keine Arbeit gefunden haben?", murmelte Lukas und legte Tonteller und Holzlöffel auf den Tisch. „Sonst wäre er schon da."

In der Stube wurde es auf einmal ganz still.

„Er wird Arbeit finden, Kinder", meinte die Mutter zuversichtlich und legte das Kindchen in die Krippe zurück. „Wenn nicht heute, dann eben morgen. Ich weiß, dass alles gut werden wird."

Sie trat vor die Tür und schaute besorgt nach dem Vater aus. Plötzlich rief sie: „Seht nur, Kinder! Ein Komet!"

Die Kinder stürzten hinaus, auch Roman, und sahen einen leuchtenden Feuerball über den sternenübersäten Nachthimmel ziehen, sein langer Schweif ließ abertausende Sternschnuppen auf sie herabregnen. Sie staunten mit offenen Mündern, bis er verglühte.

Heute ist die Heilige Nacht, das spürten sie alle.

„Wenn nur Vater bald heimkommen würde", murmelte die Mutter. „Es ist bitterkalt, lasst uns in die Hütte gehen und etwas essen."

Sie gingen in die Hütte zurück, die Mutter schloss hinter sich die Tür.

Den Schatten zwischen den Bäumen hatten sie nicht gesehen.

Auf der Landstraße hielt ein Auto an, die Männer darin schauten gebannt und verzaubert auf das fast mystische Bild, das sich ihnen bot. Dann bemerkten sie den Mann, der vor der Hütte, an einem der Fensterchen stand und hineinspähte.

„Ist das nicht der Bäumler?", fragte der Kaufhausbesitzer unangenehm überrascht, denn er hatte den jungen Mann erkannt, den er kürzlich fristlos entlassen hatte, wegen wiederholten Zuspätkommens entlassen musste, wenn er sich richtig besann. Hatte er nicht in der Herrenabteilung gearbeitet? Eigentlich war er ein engagierter Verkäufer gewesen, aber eben unzuverlässig. Inzwischen war sein Platz neu besetzt, arbeitswillige, engagierte Leute, die ihre Arbeit zu schätzen wissen, gibt es schließlich genug.

„Haben Sie meinen Jungen etwa zu diesen Leuten gebracht, Lutz?", fragte er streng.

Er wollte aussteigen, wollte Bäumler für seine Mühe einen Geldschein in die Hand drücken und dann mit seinem Buben heimfahren, dort wartete man bereits auf sie, aber er konnte es nicht, er war wie gelähmt. Auch Lutz, sein Chauffeur, rührte sich nicht. Sie sahen, wie Bäumler durch eins der vereisten

Fensterchen in die Stube hineinspähte, eine Ewigkeit lang, wie es schien. „Warum geht er nicht hinein?", wunderte sich der Kaufhausbesitzer. „seine Familie wartet doch sicher auf ihn." Dann sahen beide, wie Bäumler mit hängenden Schultern in Richtung Wald davonging.

Dem Kaufhausbesitzer durchfuhr es wie ein Blitz, er erkannte mit einem Mal, dass dieser Mann verzweifelt war, ohne Hoffnung. Sicher war er heute, wie schon viele Tage zuvor, erfolglos auf Arbeitssuche gewesen und wagte es nun nicht, seiner Familie unter die Augen zu treten. Dieser Mann konnte seine Familie nicht ernähren, er musste sich als Versager fühlen.

Er, der mächtige Kaufhausbesitzer, hatte ihn gefeuert, weil er nicht ausreichend funktionierte, weil er zum wiederholten Male zu spät zur Arbeit gekommen war, angeblich wegen eines kranken Kindes, fiel ihm ein.

Straubinger dachte an seinen Jungen, der sich jetzt in dieser armseligen Hütte befand. Im Geiste sah er ihn am Straßenrand, im tiefen Schnee kauern und mit blaugefrorenen Händen um Almosen betteln. Was würde aus den Kindern in der Hütte werden, wenn der Vater aufgab, wenn er wegging, womöglich für immer?

Straubinger konnte endlich seine Erstarrung abschütteln, er stieg aus dem Auto und rief dem Mann, der gerade im Begriff war im Wald zu verschwinden, hinterher: „Bäumler, wo wollen Sie denn hin!"

Bäumler blieb stehen, wandte sich aber nicht um.

„Bäumler", rief Straubinger eindringlicher. „Wo wollen Sie denn hin in der Weihnachtsnacht?"

Bäumler rührte sich nicht.

„Bäumler!", rief Straubinger noch einmal, „wenn Sie Geld brauchen…?"

„Danke, ich brauche kein Almosen", murmelte Bäumler und wandte sich langsam um, er glaubte die Stimme seines ehemaligen Arbeitgebers erkannte zu haben. „Ich brauche Arbeit."

Straubinger konnte es nicht verstanden haben, dennoch begriff er. „Wenn Sie Arbeit brauchen, Bäumler!", rief er fast bittend, „dann kommen Sie doch nach den Feiertagen in mein Büro. Sie sind ein guter Verkäufer, Bäumler! Wir brauchen gute Leute! Wir brauchen Sie!"

Bäumler verstand nicht recht, wollte ihn sein früherer, bitterstrenger Chef verhöhnen?

„Bäumler!", rief der Kaufhausbesitzer wieder. „Mein Junge ist in ihrer Hütte, bitte schicken Sie ihn heraus!"

Endlich dämmerte es Bäumler, sein ehemaliger, strenger Chef meinte es ernst. Zögernd kehrte er zur Hütte zurück. Straubinger und sein Chauffeur Lutz beeilten sich, zu ihm zu gehen.

„Wollen Sie und Herr Lutz nicht auf eine Tasse Tee mit hereinkommen?", fragte Bäumler voll neuer Hoffnung. „Meine Familie würde sich freuen!"

Der Kaufhausbesitzer Straubinger und sein Chauffeur Lutz ließen sich nicht lange bitten, sie folgten Bäumler in die Hütte, wo sie freudig begrüßt wurden. Sie blieben lange in der Hütte, auf die es unentwegt dicke Schneeflocken und glitzernde Sternschnuppen vom Himmel herab regnete.

Der Eisklumpen davor aber schmolz während der Nacht trotz der Eiseskälte dahin, so wie das vereiste Herz des Kaufhausbesitzers Straubinger, das anfing warm und mitfühlend in seiner Brust zu pochen.

Es war ein Wunder, eines von vielen in dieser hochheiligen Nacht. Roman und Lukas wurden Freunde fürs Leben.

Aus dem Buch: „Frederik Wolf im Tal der Erdmänner."

Das verhinderte Christkind.

Ich fuhr hoch, etwas hatte ganz furchtbar gepoltert im Treppenhaus. Oh, Mann, es wurde ja schon hell, hatten wir verschlafen? Lina weinte, war sie womöglich die Treppe hinuntergefallen?

Mit einem Satz sprang ich aus dem Bett und lief ins Treppenhaus hinaus.

Unten sammelte Lina, meine kleine Schwester, gerade die Scherben ihres Puppengeschirrs ein. „Ist mir heruntergefallen", jammerte sie, als ich an ihr vorbei zur Küche eilte. „Alles kaputt." Bekümmert strich sie sich eine blonde Strähne aus der Stirn.

„Vielleicht bringt dir das Christkind ein neues Geschirr", tröstete ich sie.

„Und wenn es gar nicht kommen kann!", befürchtete Lina, „weil wir eingeschneit sind?"

In der Küche waren meine Eltern dabei, das Frühstück zu machen.

„Guten Morgen, Frederik", begrüßten sie mich, und als ich reichlich verdattert auf die Küchenuhr schaute, es war schon viertel vor acht, klärten sie mich auf: „Du und Lina habt heute schulfrei, Frederik, wir sind nämlich eingeschneit."

„Bis zu den Erdgeschossfenstern", seufzte Papa. „In der Schule haben wir schon Bescheid gesagt, dass ihr heute nicht kommen könnt! Jetzt frühstücken wir erst einmal in Ruhe, dann schauen wir, ob und wieweit wir uns freischaufeln können."

„Die Räumfahrzeuge werden die Landstraße bald geräumt haben", meinte Mama relativ ruhig. „Sie ist ja die Hauptverkehrsverbindung nach Ober-Ramstadt. Die Odenwälder sind solche Wetterkapriolen sicher gewohnt."

„Wie du siehst, Lina", wandte ich mich an meine Schwester, die mit Trauermiene die Scherben ihres Puppengeschirrs auf der Kehrichtschaufel zu Grabe trug, ich meine zum Mülleimer brachte, „das Christkind kann auf jeden Fall nächste Woche kommen."

„Es hat ja einen Schlitten mit Rentieren", stimmte mir Papa zu. „Die können über alle Hindernisse hinweg schweben."

„Wo sind eigentlich die Katzen?", erkundigte ich mich, gewöhnlich lagen sie am Morgen faul auf der Kaminbank herum.

„Heute noch nicht gesichtet", meinte Mama.

Fast ein Jahr wohnten wir nun schon im Modautal, in das wir wegen meines hartnäckigen Hustens ziehen mussten. Mein Vater hatte das vergessene, verwilderte, einsam gelegene Bauernhaus, das er im tiefsten Odenwald gefunden hatte, nach heutigem Standard restauriert, wobei war er bemüht war seinen bäuerlichen Charakter zu erhalten, was ihm meiner Meinung nach auch gelungen ist. Es machte ihm, dem Architekten und Restaurator, ganz offenbar Freude mit Mama zusammen aus dem uralten Gemäuer etwas Besonderes zu machen. Wie auch immer, inzwischen fühlten wir uns recht heimisch darin.

Nicht dass es mich gefreut hätte, heute schulfrei zu haben, die Woche vor Weihnachten ist in der Regel recht nett in der Schule, schon wegen des Krippenspiels, das die Zweit- und Drittklässler gewöhnlich aufführen müssen. Außerdem war ich heute Nachmittag mit Egon und Paul, meinen Freunden, zum Schlittenfahren verabredet.

In Frankfurt mussten wir zum Rodeln immer in den Taunus, zum Feldberg fahren, was höchstens an den Wochenenden oder eben in den Weihnachtsferien, wenn die Eltern Zeit hatten, möglich war. Im Odenwald aber war jeden Tag rodeln angesagt, noch dazu quasi vor der eigenen Haustür.

Heute aber hatten wir eindeutig zu viel Schnee.

Nach dem Frühstück verschafften wir uns oben, vom Balkon des Elternschlafzimmers aus, einen Überblick von der vorweihnachtliche Bescherung.

Die weiße Traumwelt, die sich zu unseren Füßen ausbreitete, wurde noch immer von Frau Holle mit dicken, dicht fallenden Flocken bedacht, wie sich Papa ausdrückte. Von der Modau waren nur kleine, schimmernde Rinnsale zwischen Eis und Schnee zu sehen, der Steg darüber, die Schafsweide dahinter und der Feldweg zum Hang hinüber waren unter einer dicken Schneedecke begraben. Die Äste der Eichen und Buchen auf dem Hang bogen sich gefährlich unter ihrer Schneelast und die dick verschneiten Nadelbäume glichen einem Zauberwald.

„Das schaffen wir nicht allein", stellte Papa nüchtern fest und schloss hinter uns die Balkontür.

In der Küche dann erläuterte er seine Strategie, wie wir am besten vorgehen könnten: „Zuerst müssen wir die Gemeinde anrufen und bitten, dass sie uns mit einem Schneeschieber aushelfen. Wenn sie uns den Weg bis zur Scheune freischieben, könnten wir zu unseren Autos und säßen nicht fest. Das kurze Stück vom Hauseingang zum Kiesweg schaffen wir selbst."

Mama ging ans Telefon und wählte die Nummer der Gemeinde. „Tot", stellte sie fest und legte den Hörer auf. „Die Telefonleitung ist unterbrochen."

„Keine Sorge", beruhigte Papa, „die wird sicher bald repariert sein. Nimm das Handy, es muss in meinem Büro auf dem Schreibtisch liegen."

Weil es zu einem späteren Zeitpunkt von Bedeutung sein wird, muss ich kurz die Räumlichkeiten in unserem Erdgeschoss erklären. Der lange Korridor führt links an der Küche und dem Wohnzimmer vorbei, gegenüber befindet sich das Gästezimmer und Papas Büro, am Ende des Flurs ist die Tür zum Anbau. Der Anbau ist ein großer, gepflasterter Raum mit einer Tiefkühltruhe, einer Waschmaschine mit Wäschekörben, einem uraltem Büfett und einem Tisch, auf dem Mama Wäsche sortiert und zusammenlegt. Ein uraltes Kanonenöfchen sorgt für eine überschlagene Temperatur, daneben haben Papa und ich Holzscheite aufgeschichtet, die wir im Herbst im Hof gehackt hatten. Mitten im Raum hatte Papa eine kleine Wäschespinne aufgestellt und links an der Wand, in Metallregalen waren Blumentöpfe, Plastiksäcke mit

Blumenerde, Dünger und solche Sachen untergebracht. Auch der große Tisch unter dem Glassteinfenster zum Hof ist mit Blumentöpfen und Erde beladen, kaum zu übersehen, dass hier eine Hobbygärtnerin zugange ist. Hier ist speziell Mamas Reich.

Neben der Tür zum Hof hat Papa eine Hackenstange montiert, an der Schaufeln, Rechen, eine Sense, ein sehr breiter Hofbesen und schließlich zwei Schneeschieber hängen.

Lina und ich folgten Papa nun in diesen Anbau. Dort nahm er die Schneeschieber von den Haken, einen davon gab er mir und Lina drückte er die große Sandkastenschaufel in die Hand. „Wir versuchen den Ausstieg übers Küchenfenster", erklärte er. Schon klar, das Küchenfenster liegt schließlich neben dem Hauseingang.

In der Küche räumten wir den Platz vor dem Fenster frei und legten große Tücher darunter, Mama befürchtete nämlich, dass gleich eine Schneelawine hereinkommen könnte.

Dann versuchte Papa das Fenster zu öffnen, vergebens, es war eingefroren.

„Haben wir nicht irgendwo eine elektrische Wärmedecke, Ingrid?", erinnerte sich Papa. „Damit müsste es gehen."

Echt gute Idee, das mit der Wärmedecke, aber, stellte sich heraus, wir hatten auch keinen Strom mehr, die Stromleitungen waren offensichtlich auch unterbrochen. Papa blieb ruhig, er rüttelte so lange mit Geduld und Gefühl am Fenstergriff, bis das Fenster endlich knirschend nachgab und aufging.

Tatsächlich fiel Schnee herein und eisige Luft nahm uns für den Moment den Atem. Papa schlüpfte geschwind in seinen Anorak und seine Boots und kletterte über einen Schemel und die Fensterbank nach draußen, Mama schloss flink das Fenster hinter ihm zu. Dann schauten Lina und ich zu, wie Papa draußen rund um das Fenster den Schnee beiseite schaufelte, wobei er von dicken Flocken umtanzt wurde.

Es dauerte eine Weile, bis er ans Fenster klopfte und uns zurief: „Ihr könnt herauskommen! Zieht euch warm an, wir werden eine Weile zu tun haben!"

Schnell schlüpften wir in unsere Anoraks und den Boots, Mama öffnete nochmal das Fenster, es klemmte immer noch, und half uns hinaus.

Zuerst behinderten wir uns gegenseitig beim Schaufeln, aber allmählich verschafften wir uns so viel Freiraum, dass wir uns zügig Richtung Haustür vorarbeiten konnten. Lina schaufelte anfangs fleißig mit, aber schon bald bohrte sie mit ihrer Schaufel Löcher in die Schneewand oder baute kleine Schneemänner. Ich muss zugeben, Schneeschaufeln ist eine richtige Knochenarbeit, wobei man gehörig ins Schwitzen gerät.

„Wenn wir erst einmal bei der Haustür sind", meinte Papa aufmunternd und stützte sich auf seinen Schneeschieber, um zu verschnaufen, „haben wir das Gröbste geschafft. Bis zum Kiesweg ist es dann nur noch ein kurzes Stück. Und wenn die Gemeindearbeiter mit ihrem Schneeschieber kommen, lassen wir uns von Mama mit einem heißen Tee verwöhnen. Dagegen werden die Gemeindearbeiter bestimmt auch nichts haben!"

Es schneite so heftig, dass wir kaum die Straße oben sehen konnten, geschweige denn ein Fahrzeug. Hoffentlich würde der Schneeschieber der Gemeinde nicht zu lange auf sich warten lassen, ansonsten könnten wir mit Schneeschippen grad wieder von vorne anfangen.

Jedenfalls fühlten wir uns wie Polarforscher auf Expedition, als wir es bis zur Haustür geschafft hatten. Papa klopfte an die Tür, Mama öffnete und brachte auf einem Tablett eine Thermosflasche mit Tee, dazu Becher und für jeden ein Sandwich. Das tat echt gut, muss ich sagen.

„Hast du die Gemeinde inzwischen erreicht, Ingrid?“, wollte Papa wissen.

„Noch nicht“, antwortete sie, „ich versuche es ständig. Das Handy konnte ich auch noch nicht finden, leider.“

„Ich will kein Brot, ich will lieber einen Schneemann bauen“, meinte Lina wehleidig, nachdem sie ein wenig von ihrem Tee genippt hatte. „Einen ganz großen Schneemann.“

„Heute ist nicht ihr Tag“, dachte ich gönnerhaft. „Sie ist ein Mädchen und außerdem noch klein, ausdauernde Schneeschippen kann man von ihr nicht erwarten.“

„Am Nachmittag bauen wir einen großen Schneemann“, versprach Papa. „Aber jetzt geh lieber rein, Lina, ich glaube, du hast genug. Bitte versuch das Handy zu finden, Ingrid. Es muss in meinem Büro sein!“

Uns war klar, alle Bemühungen waren umsonst, wenn wir uns nicht bemerkbar machen konnten.

Gegen Mittag hatten wir es bis zum Kiesweg geschafft, hinter uns allerdings sah es schon wieder wie gepudert aus. Wir stellten die Schaufeln ab und klopften an die Haustüre.

Mama öffnete und hatte gleich eine Hiobsbotschaft parat. „Die Wasserleitungen sind zugefroren“, meinte sie bedrückt. „Wir haben momentan auch kein fließendes Wasser mehr.“

„Auch das noch. Hast du wenigstens das Handy gefunden?“, erkundigte sich Papa und trat in den Flur.

„Nein, immer noch nicht. Aber wo habt ihr denn Lina gelassen?“

Sie schaute auf den schon wieder stark überpuderten Weg hinter uns.

„Sie ist doch vorhin mit dir ins Haus gegangen?“, wunderte sich Papa.

„Nein, sie wollte partout bei euch bleiben“, entgegnete Mama beunruhigt und trat vor die Tür.

Da entdeckten wir unter dem Küchenfenster ein zusammengekauertes, eingeschneites Häufchen, es war Lina. Papa war mit zwei Schritten bei ihr, befreite sie etwas vom Schnee und trug sie ins Haus.

Was war los mit Lina, warum schläft sie einfach so ein?

Als ich hinter meiner Familie die Haustür schloss, schaute ich zurück in das starke Schneetreiben. Na, prima, das heißt auch am Nachmittag Schneeschaufeln und Morgenfrüh und womöglich das ganze Wochenende, mindestens.

Im Wohnzimmer breitete Mama auf einem der Sofas eine Decke aus und schüttelte ein Kissen zurecht, Papa bettete Lina darauf und zog ihr behutsam, um sie nicht zu wecken, den Anorak aus und die Boots von den Füßen, Mama deckte sie zu. Lina schlief.

Dann saßen wir in der Küche, aßen Wurstbrote und tranken Apfelsaft, Schneeschaufeln macht echt hungrig, muss ich sagen, und besprachen unsere augenblickliche Lage.

„Fakt ist", brachte Papa sie auf den Punkt, „wir sind von der Außenwelt abgeschnitten, haben weder Wasser noch Strom und momentan auch kein Telefon. Vorrangig müssen wir das Handy finden, um uns bemerkbar machen zu können.

„Schnee haben wir jedenfalls genug", überlegte Mama. „Wir könnten ihn in der Waschküche, auf dem Kanonenöfchen schmelzen, dann hätten wir wenigstens Wasser, um uns notdürftig waschen und das Geschirr spülen zu können."

„Und wir hätten Trinkwasser", ergänzte ich. „Der Schnee ist sauber, er kommt ja direkt vom Himmel, oder?"

„Hm, sieht so aus, nicht wahr?", Papa schüttelte bedauernd den Kopf. „Aber der Schnee ist genauso sauber wie der Regen, nämlich mit atmosphärischem Ruß und Feinstaub belastet. Gutes Trinkwasser bekommst du heutzutage nur aus der Quelle oder aus dem Wasserhahn. Unsere Wasserleitung allerdings ist momentan eingefroren.

„Eine Kiste halbvolle mit Wasserflaschen haben wir noch", meinte Mama. „Das reicht für zwei Tage, wenn wir sparsam sind."

„Wir sollten schnellstens alle verfügbaren Kerzen zusammensuchen, sonst wird es hier bald zappenduster sein", überlegte Papa. „Haben wir genug davon, Ingrid?"

„Kerzen haben wir genug", meinte Mama, „nächste Woche ist ja Weihnachten, aber das Essen könnte ein Problem werden. Mit dem Brot, dem Käse, der Wurst und dem Obst kommen wir noch zwei Tage über die Runden, aber wenn der Strom länger ausfällt und wir wegen des Schmelzwassers das

Kanonenöfchen mehr anheizen müssen, wird die Tiefkühltruhe mit dem Gefriergut schnell abgetaut sein. Hoffentlich hört es bald auf zu schneien."

Mama hielt inne und schaute zur Tür.

Die war aufgegangen, Lina stand wankend im Türrahmen und hielt sich daran fest, sie blinzelte uns mit roten Augen an und brach dann zusammen, Papa sprang auf sie zu und fing sie auf. Er trug sie zurück in die Wohnstube und legte sie auf das Sofa, wir folgten ihm.

Mama legte prüfend ihre Hand auf Linas Stirn. „Ach du meine Güte, sie glüht ja", stellte sie erschrocken fest.

Papa blieb ruhig, er sagte: „Holt Handtücher und Schnee von draußen, wir müssen das Fieber senken. Ich zieh' sie derweil aus."

Mama holte geschwind eine Schüssel und drückte sie mir in die Hand. „Füll' sie halbvoll mit Schnee, Frederik", meinte sie mit zitternder Stimme. „Sobald das Telefon wieder funktioniert, rufen wir Doktor Wehmut an. Ich versuch's gleich nochmal."

Warum war meine sonst so besonnene Mama so konfus? War Lina so sehr krank geworden? Selbst wenn sie Doktor Wehmut telefonisch erreichen würde, so konnte er, solange unsere Zufahrt nicht freigeräumt war nicht kommen.

Ich füllte mit bloßen Händen eilig die Schüssel halbvoll mit Schnee und lief damit zurück in die Wohnstube.

Mama reichte Papa gerade zwei Handtücher und ein Fieberthermometer und vermeldete, dass das Telefon immer noch tot sei.

Lina lag schon mit bloßem Oberkörper, aber warm zugedeckt auf dem Sofa und röchelte leise. Papa kühlte ein Handtuch mit dem Schnee und massierte damit sanft und doch kräftig ihren Brustkorb und die Arme. Dann nahm er das zweite von Mama schon gekühlte Handtuch und betupfte damit ihr Gesicht. Er drehte Linas schweißnasses Köpfchen zur Seite und entdeckte etwas. Nun sahen auch wir die roten Pusteln hinter ihrem Ohr und am Hals.

„Oh, nein!", rief Mama erschrocken, „Lina hat nicht etwa die Masern?" Papa nickte und wischte sich mit dem Handrücken über die Stirn.

„Das ist zu befürchten", meinte er sachlich." „Frederik, du hältst dich ab sofort zurück, Masern sind hochansteckend. Wir wollen hoffen, dass es nicht schon passiert ist."

„Und ihr?", fragte ich unbeeindruckt. „Steckt ihr euch nicht an?"

„In der Regel bekommt man Masern nur ein Mal im Leben", meinte Papa, „und wir beide hatten sie schon in der Kindheit."

Er wickelte Linas Beine in je ein kaltes Handtuch und deckte sie dann warm zu. Lina schaute ihn dabei mit roten Augen an.

„Warum haben wir keinen Schneemann gebaut, Papa?", fragte sie mühsam, das Sprechen tat ihr offensichtlich weh.

„Später, Liebes", meinte Papa und schob ihr das Fieberthermometer in den Mund, „du bist krank geworden. Den Schneemann bauen wir später, wenn du wieder gesund bist."

Ich wurde nun beauftragt, alle Kerzen im Haus zusammenzutragen, ehe es dafür zu finster werden würde, dabei sollte ich auch nach dem verschollenen Handy Ausschau halten.

In der Wohnstube fand ich viele verschiedene Kerzen, ich legte sie alle auf den Tisch. In der Küche lag ein Beutel mit Teelichtern in einer der Schubläden, der kam auf den Küchentisch. Papas Handy aber war nirgends zu sehen, auch nicht in seinem Büro.

Oben im Elternschlafzimmer stand auf der Kommode Mamas schöne Konfirmationskerze, sie war uralt und natürlich tabu. Dann ging ich in mein Zimmer, um meine Taschenlampe zu holen, dabei hörte ich unten im Flur Mamas vergeblichen Versuch zu telefonieren.

„Hallo! Hallo! Hört mich jemand?", rief sie ein paarmal in die Telefonmuschel hinein, dann legte sie auf.

In meinem Zimmer fand ich nach einigem Suchen meine Taschenlampe unter meinem Bett, wie kam sie da nur hin? Als ich mit den Armen danach angelte, kam auch der Schuhkarton mit der Alraune zum Vorschein. Meine Alraune, fast hatte ich sie vergessen.

Ich setzte mich mit dem Karton auf die Bettkante und nahm den Deckel ab. Da lag sie, die Alraune, sie war ein Geschenk der Erdmänner und hatte mir schon einige unliebsame Begegnungen beschert, muss ich sagen. Ihr feinbehaarter, ockerfarbener Rübenleib mit den zwei auslaufenden Wurzelbeinchen war inzwischen leicht schrumpelig geworden und das Blätterbüschel etwas schlaff, aber nach all den Monaten im Schuhkarton sah sie noch recht gut aus, fand ich.

Während ich meine Alraune betrachtete, dabei an die Erdmänner dachte, die so etwas wie die Beschützer des Waldes zu sein schienen, meinte ich oben auf dem Speicher Geräusche zu hören.

Ich ließ mich mit der Alraune in der Hand aufstöhnend aufs Bett fallen und schloss die Augen, die plötzlich unangenehm brannten. Mir war nicht gut, mein Kopf fühlte sich an, als wäre er in eine Schraubenzwinge geraten, die sich mehr und mehr zusammenzieht.

Wieder rumorte es auf dem Dachboden. Ich rappelte mich auf und ging auf den Flur hinaus. Die Speicherleiter war heruntergelassen, komisch, bisher hatte ich sie kaum bemerkt. Aber jetzt, da sie nun einmal unten war schadete es nicht sich einmal da oben umzuschauen.

Ich kletterte die Leiter hinauf und befand mich in einem langen, niedrigen Speicher, unter einem bloßen Ziegeldach. Bleiches Licht fiel durch einige Dachluken herein, eine stand einen Spalt offen und etwas Schnee rieselte auf den Bretterboden herab. Allerlei Truhen und verschieden große, altmodische Koffer lagen links und rechts an den unverputzten, niederen Mauern. Sicher gab es Mäuse hier, die Schutz vor dem strengen Frost suchen. „Ich müsste mal Miez und Maunz heraufbringen", dachte ich, „dass gäbe ein Festfressen für sie."

Zugegeben, ein sehr weihnachtlicher Gedanke war das nicht gerade.

Meine Neugier hatte mich schon oft in unangenehme Situationen gebracht, aber daran dachte ich jetzt nicht. Zumindest in einen der Koffer wollte ich einen Blick werfen.

Ein altertümlicher Schrankkoffer fiel mir auf, er stand mitten im Speicher, ein dicker Rundstab befand sich unter ihm, merkwürdig. Ich fuhr mit der Hand über sein rissiges, verstaubtes Leder und studierte die zwei großen Schlösser, die natürlich verschlossen waren. Am Tragegriff aber hing ein Ledersäckchen, in dem sich tatsächlich ein Schlüsselpaar befand. Einen davon probierte ich aus, er passte und ließ sich etwas schwergängig in den Schlössern drehen.

Plötzlich hielt ich inne, ein leichtes Grauen stieg in mir auf. Mir fiel ein, dass ein früherer Bewohner des Bauernhauses der Besitzer dieser Koffer und Kisten sein musste, durfte ich den Koffer überhaupt aufmachen?

„Nur einen Blick", dachte ich. „Irgendwann würde das sowieso einer tun."

Vorsichtig hob ich den Deckel an, er leistete ein wenig Widerstand. Beim Anblick des schönen, golddurchwirkten Brokatstoffes, der ordentlich zusammengelegt im Koffer lag, beruhigten sich meine Nerven. Der Stoff fühlte sich fein an, ein Bauer hatte für so etwas bestimmt keine Verwendung, vermutete ich. Ich öffnete den Kofferdeckel vollends und hob behutsam den Stoff mit beiden Händen hoch, um zu sehen, ob und um welches Kleidungsstück es sich handelte.

In der Tat, es war eine langgeschnittene Jacke mit langen Ärmeln, die mit Bündchen abschlossen, mit einem kleinen Stehkragen und vorne eine Reihe schimmernder Perlmuttknöpfe.

„Echt tolle Karnevalssachen", wunderte ich mich.

„Du hast mich gerufen, Frederik?", hörte ich eine befehlsgewohnte Stimme. Ich blickte überrascht auf und sah einen Schatten aus der dämmrigen Tiefe des Dachstuhls treten. Als er näher kam erkannte ich im diffusen Licht einer Dachluke einen mittelgroßen, stattlichen Mann, er hatte ein markantes, hochmütiges Gesicht und mochte wohl in den mittleren Jahren sein. Er trug dieselbe Jacke, die ich immer noch in Händen hielt, dazu eine schwarze Samtbundhose, weiße Kniestrümpfe und pompöse Schnallenschuhe, unter der breiten Krempe seines Spitzhutes quoll eine weißgepuderte, lockige Perücke hervor.

„Echt tolle Maskerade", dachte ich und wusste doch, dass es keine war.

Der merkwürdige Mann setzte sich aufseufzend auf eine Truhe, schlug ein Beine über das andere und schaute mich stirnrunzelnd an.

„Da bin ich nun, was willst du also?", fragte er und schaute sich missbilligend um. „Es ist mir nicht sehr genehm hier, musst du wissen. Ich möchte baldigst zurück."

„Wer bist du?", fragte ich bemüht, meinen Schrecken in den Griff zu bekommen.

„Mein Name ist Freiherr von Fink", stellte sich das Phantom vor. „Ich bin der Ur-Ahn der Familie Fink, die noch vor zehn Jahren hier gelebt hat. Ich habe anno 1506 dieses Haus hier äußerst prächtig errichten lassen. Leider ist davon nichts mehr zu sehen."

Der Geist schaute sich missbilligend um.

„Uns gefällt das Haus sehr gut!", verteidigte ich zaghaft mein neues Zuhause.

„Mir gefiel vor allem, als wir vor etwa fünfhundert Jahren hierher kamen, die wunderschöne Lage", meinte Freiherr von Fink und schaute mich sinnend an. „Ich war kaum älter als du, musst du wissen, und plötzlich und unerwartet zu

38

unermesslichem Reichtum gekommen. Das musste unweigerlich ins Verderben führen."

„Was ist denn passiert?", fragte ich und vergaß fast, dass es ein Gespenst war, mit dem ich plauderte.

„Nun", Freiherr von Fink betrachtete nachdenklich den Ring an seiner gepflegten Hand, „ursprünglich, musst du wissen, kam ich aus einer bettelarmen Familie, die in der Nähe von Wertheim ein armseliges Dasein fristete. Die hohe Pacht, die meine Eltern für eine windschiefe Steinhütte und einen felsigen Acker an den dortigen Grafen zu bezahlen hatten, ließ ihnen kaum Luft zum Atmen, obwohl sie Tag und Nacht schufteten. Auch wenn wir Kinder betteln gehen mussten, war es im Nachhinein gesehen die glücklichste Zeit meines Lebens.

Als ich mich eines schönen Frühlingstages, erst zwölfjährig, auf die Wanderschaft machte, glaubte ich an mein Glück. Zwar konnte ich weder lesen noch schreiben, wie auch, meine Eltern waren arm wie Kirchenmäuse, aber ich war gesund und stark. Überall bekam ich Arbeit als Tagelöhner, denn ich war fleißig und geschickt in allen Dingen.

Eines Tages hörte ich in einem Städtchen namens Miltenberg einem Minnesänger zu, er sang hingebungsvoll von einem König namens Etzel, der mit seinem Gefolge von einem fernen Land im Osten nach Worms gekommen war, um die holde Kriemhild zu freien. Dann aber ließ er sich von ihrem unermesslichen Schatz blenden, er raubte ihn und floh damit durch den Odenwald, `gen Osten. Auf seiner Flucht versteckte er einen Großteil des Schatzes, und das aus gutem Grunde, denn Siegfried, der tapfere Held, kam Kriemhild zu Hilfe. Er verfolgte Etzel, der bei einem erbitterten Kampf fiel. Siegfried aber, so das Lied, konnte Kriemhild den verbliebenen, immer noch beträchtlichen Schatz zurückbringen. Hagen jedoch, Krimhilds habgieriger Onkel, und ein heimtückischer Zwerg namens Alberich betrogen Kriemhild auch um diesen Schatz und versenkten ihn im Rhein, wo er heute noch liegen soll."

Freiherr von Fink schaute mich forschend an. „Wissen die Menschen heutzutage noch von Siegfried und seinen Heldentaten, oder hat man ihn vergessen?", fragte er.

„Ich glaube", behauptete ich verlegen, „meine Eltern haben das Nibelungen-Buch. Ich werde es bestimmt einmal lesen."

„Alles verschwindet in der Unendlichkeit", bedauerte das Phantom wehmütig und zupfte sich etwas Staub von seinem Ärmel, „aber Heldentaten nicht! Ich hätte große Taten vollbringen können, wenn nicht der unglücksselige Schatz gewesen wäre."

Das Phantom versank in tiefes Nachdenken. Als ich mich räusperte, besann es sich und fuhr fort:

„Nun, ich war von diesem Lied fasziniert und nahm mir vor, die Augen auf meinem Weg durch den Odenwald offen zu halten. Da und dort verdingte ich mich für einige Tage oder Wochen bei Bauern oder Handwerkern und war es zufrieden. Ich sparte sogar einige Dukaten, die ich bei meiner Heimkehr den Eltern bringen wollte.

Nun, bei meiner Wanderschaft machte ich es mir zur Gewohnheit, mir die Namen der Orte und Städtchen, durch die ich kam, lückenlos einzuprägen, es war eine Art Denksport, die mir noch sehr zugute kommen sollte. Der Name des letzten

Ortes, durch den ich kam, war Groß-Bieberau, er lag an einem Flüsschen namens Gersprenz. Im Wald von Groß-Bieberau wurde ich von einem heftigen Gewitter überrascht. Ich flüchtete in eine kleine Höhle, und weil es schon später Nachmittag war, entschloss ich mich die Nacht darin zu verbringen.

Ich hatte gelernt auch im Schlaf wachsam zu sein, denn Höhlen werden gerne auch von wilden Tieren genutzt.

Als ich mich auf meinem harten Nachtlager zusammenrollte, war mein Schlaf seicht, jedes Geräusch und jede Bewegung in meiner Umgebung würde ich wahrnehmen. Und so hörte und spürte ich irgendwann, wie ein großes Tier witternd zur Höhle hereinkam. Regungslos beobachtete ich, wie es nicht weit von mir zögernd stehen blieb, offenbar gefiel es ihm nicht, dass die Höhle schon besetzt war, und sich dann tiefer in die Höhle verzog. Es war ein Bär, ich wagte kaum zu atmen. Als ich eine Weile nichts mehr hörte, schaute ich mich vorsichtig nach ihm um.

Der Bär war verschwunden.

Dies wiederum behagte mir nicht, ich zog es vor, mir einen anderen Schlafplatz zu suchen. Unter einem nahen Baum fand ich ein trockenes Plätzchen, an dem ich den Höhleneingang gut im Auge behalten konnte. Im Morgengrauen sah ich den Bär heraus tapsen, er schaute witternd zu mir herüber, seine Nase zitterte, ich blickte direkt in seine kleinen Raubtieraugen.

Dann endlich trollte er sich davon.

In dem Alter, in dem ich damals war, ist man recht neugierig, ich jedenfalls wollte wissen, wohin sich der Bär während der Nacht verzogen hatte. Ich durchsuchte die Höhle und entdeckte, du ahnst es, Frederik, in einer schwer zugängigen Nebenhöhle Truhen voller Gold und Geschmeide.

Wahrhaftig, ich hatte Etzels geraubten Schatz, den Schatz der Nibelungen entdeckt.

Ich taumelte vor Glück, badete jauchzend in den Golddukaten und dem Geschmeide. Dann stopfte ich mir die Taschen damit voll und machte mich auf den Heimweg, zu meinen Eltern und Geschwistern.

Die fragten nicht lange, woher der Reichtum kam und ich schwieg, denn trotz meiner Jugend ahnte ich, dass dieser Schatz mit Leid und Blut beladen sein musste.

Meine Eltern kauften sich frei und erwarben die Hütte und einige Felder. Wir bekamen eine gute Kuh, die gute Milch gab, aus der wir Butter und Käse herstellen konnten, und Hühner, die tüchtig Eier legten. Wir konnten sogar unsere Erzeugnisse für gute Dukaten auf dem Markt verkaufen und brauchten nicht mehr in Lumpen herumzulaufen, die uns mitleidige Menschen schenkten. Wir trugen nun gute, richtige Kleider.

Die Jahre vergingen und es war gut. Nie wieder bin ich in die Schatzhöhle gegangen, keiner wusste von ihr und ich vergaß sie.

Doch als wir weitere Felder kauften und einen Ochsen, dazu einen Leiterkarren, um unsere Erzeugnisse auf den Markt bringen und anbieten zu können, erregte das wohl den Neid mancher Nachbarn. Eines Nachts brannte unsere Hütte lichterloh, nur mit Müh und Not konnten wir uns und unser Vieh retten.

Über diese Schandtat waren meine Eltern so erbittert, dass sie nicht länger an diesem Ort der Missgunst leben wollten. Wir packten unsere verbliebenen Habseligkeiten auf den Ochsenkarren und zogen fort.

Ich erinnerte mich an den Weg, den ich als Junge durch den Odenwald genommen hatte und so fuhren wir von Ort zu Ort, bis wir eines Tages in Groß-Bieberau ankamen.

Die Schatzhöhle war immer noch mein wohlbehütetes Geheimnis. Als ich des Nachts alleine hinschlich, fand ich sie auf Anhieb. Sie war noch immer unentdeckt und unberührt.

Ich füllte die mitgebrachten Leinenbeutel randvoll mit Golddukaten, es waren viele, vielmehr als beim ersten Mal. Und es war nicht das letzte Mal, dass ich zu ihr ging."

Das Phantom schwieg und wechselte das übergeschlagene Bein, dann fuhr es gedankenverloren fort: „Als wir in dieses wilde und doch liebliche Tal kamen, beschlossen wir hier zu bleiben. Ich ließ ein prächtiges Haus errichten, mit Stallungen, in denen bald die edelsten Pferde und prächtigsten Kutschen standen.

Niemand wusste, wohin ich von Zeit zu Zeit allein mit einem kleinen Pferdegespann fuhr.

Aber ich war großzügig, jedes meiner Geschwister bekam ein Säckchen Gold mit auf den Weg, keinen von ihnen habe ich je wiedergesehen. Meinen Eltern ließ ich etwas abseits ein prächtiges Gemach einrichten, zuverlässigen Diener nahmen ihnen jeden Handgriff ab. Dann vergaß ich auch sie.

Denn meine Pferde und die Kutschen nahmen mich sehr in Anspruch, und bald auch meine Braut, die ich mir ins Haus holte. Sie war das schönste Mädchen weit und breit.

Die Hochzeit wurde mit aller Pracht gefeiert. Hunderte Gäste waren geladen, der Wein floss in Strömen und die Tische bogen sich unter den erlesensten Speisen.

Wir bekamen zwei Kinder, zwei Jungs, herausgeputzte Püppchen, die von Zofen und Ammen verhätschelt und verzärtelt wurden. Ich bekam sie selten zu Gesicht, es hieß, Mannsleute taugen zur Kindererziehung nicht, das sei Ammensache.

Meine schöne Frau aber wurde immer verschwenderischer und herrschsüchtiger. Sie war geblendet von der Macht und Pracht des Goldes und liebte es bald mehr, als alles andere, selbst mehr als ihre Kinder oder gar mich.“

Freiherr von Fink seufzte tief auf.

„Aber ich will mich nicht beklagen, Frederik“, fuhr er fort, „auch ich wurde ungerecht und grausam gegen mein Gesinde. Niemand konnte es mir recht machen, alle erzitterten schon vor meiner Stimme. Immer mehr zog ich mich in die ehemaligen Gemächer meiner Eltern zurück, die unbemerkt und still gestorben waren, und wurde zum unausstehlichen Sonderling.“

Das Phantom stand auf und verbeugte sich grazil, so wie es wohl zu seiner Zeit üblich war.

„Das ist meine Geschichte, Frederik, nun erlaube, dass ich mich zurückziehe? Das Sprechen erschöpft mich etwas, ich bin es nicht gewohnt. Adieu, möge Gott dich beschützen!"

Als es zurück in die Dämmerung des Dachstuhls schritt, sah ich den Schaft eines Dolches aus seinem Rücken ragen. Noch einmal wandte es sich zu mir um. „Das Geheimnis des Schatzes habe ich mit ins Grab genommen, sicherheitshalber", meinte es listig und löste sich alsdann auf.

Langsam legte ich das Gewand in den Koffer zurück und schloss ihn. Ich hörte Mama rufen, aber die trockene, staubige Luft des Dachbodens hatte meinen Hals ausgetrocknet, so dass ich nur mit einem heiseren Krächzen antworten konnte.

„Ich komme", dachte ich und stolperte über einen kleinen, unscheinbaren Koffer. Sein Deckel sprang auf und ein weißes Gewand rutschte heraus. Ich schob es in den Koffer zurück, es fühlte sich nach feinem Linnen an.

„Das ist nicht nett, Frederik", hörte ich eine ruhige Stimme, „dass du mich an diesen Ort zurückrufst!"

Ich fuhr herum und sah aus der Tiefe des Dachbodens erneut eine Gestalt auf mich zukommen.

„Ich habe niemanden gerufen", entschuldigte ich mich krächzend und wischte mir über die schweißnasse Stirn. „Ich wollte gerade gehen."

„Dann weißt du es also nicht?", vermutete der Geist erstaunt. „Sollte es eine Vorsehung sein, dass ich heute, in dieser Stunde von dir gerufen werde? Oder ist es eine Inszenierung der Erdmänner? Es wäre nicht das erste Mal."

Sein mageres Gesicht mit der scharf vorspringenden Nase und den großen, tief in den Höhlen liegenden Augen verzog sich zu einem nachsichtigen Lächeln.

Der Geist raffte sein bis zu den Waden reichendes Hemd und ließ sich, wie schon sein Vorgänger, aufseufzend auf die Truhe nieder, wobei seine erschreckend dünnen Beine und Füße sichtbar wurden, eigentlich bestanden sie nur aus Haut und Knochen. Über seinem Kopf war eine Nachthaube gestülpt, unter der dünne Haarsträhnen hervorkamen.

„Also, was willst du?", fragte es ungeduldig, „ich habe wenig Zeit, mein seliger Vorgänger war vorhin sehr großzügig damit."

„Was eigentlich meintest du mit der Stunde am heutigen Tag?", wollte ich wissen, allmählich gewöhnte ich mich an den Umgang mit Gespenstern.

„Nun", meinte der Geist, „man muss wissen, dass vor fünfhundert Jahren, eine Woche vor Weihnachten, just zu dieser Stunde in diesem Haus das erste Kind geboren wurde. Es war ein Junge und ein Unglückskind."

Das dünne Gespenst schaute sinnend vor sich hin, dann fuhr es nachdenklich fort: „Nun, dieses Kind war auffallend begabt, es lernte schnell und weil seine Eltern reich waren, schickten sie es in eine gute Schule und später auf eine Universität. Dort studierte der Knabe Rechtswissenschaften und wurde mit der Zeit ein fanatischer Ketzerrichter. Seine Aufgabe, arme Sünder um ihres Seelenheils Willen zu foltern und dem reinigendem Feuer zu übergeben, erledigte er gewissenhaft und mit Eifer. Oh, nein, er war nicht böse", verteidigte der Geist seinen Vorfahr, als er mein entsetztes Gesicht sah, „im Gegenteil, er wollte das Böse bezwingen. Vergiss nicht, die Menschen des 1600 Jahrhunderts lebten in Furcht und Schrecken vor bösen Geistern und Dämonen. Aber dass er kein Erbarmen mit den Eingekerkerten und Verurteilten empfand, wurde ihm zum Fluch. Seine Seele wird keine Ruhe finden."

„Und deshalb erscheinst du mir heute?", wunderte ich mich.

„Nun", erwiderte der Geist, „du musst auch wissen, die Geburtsstunde dieses Unglückseligen ist eine mystische Stunde, in der übersinnliche Kräfte wirken können. Voraussetzung ist ein mitfühlender Mensch, am besten ein Kind wie du, der mit einem magischen Hilfsmittel und einem persönlichen Gegenstand des Ahnen, der erscheinen soll, ausgestattet sein muss."

„Die Alraune?", flüsterte ich ahnungsvoll.

„Durchaus", meinte der Geist, „sie hat magische Kräfte. Es ist auch möglich, dass dich die Erdmänner just zu dieser Stunde herauf in den Dachstuhl gelockt haben, wo sich diese Koffer hier befinden, sie haben das Wissen und die Macht dazu. Wenn es so sein sollte, dann scheinen sie dich zu mögen, Frederik!"

Der Geist lächelte amüsiert, dann stand er auf und machte Anstalten zu gehen.

„Wer bist du?", fragte ich rasch.

„Oh, entschuldige", meinte das Gespenst und wandte sich mir noch einmal zu. „Ich habe wohl versäumt, mich vorzustellen. Mein Name ist Waldemar Fink, Doktor der Geologie und Mineralogie. Ich habe knapp zweihundert Jahre nach dem verehrten Vorfahr, mit dem du eben das Vergnügen hattest, in diesem Haus gelebt. Mein Leben war leider nicht weniger schicksalhaft wie das seine."

„Kannst du mir davon erzählen", bat ich, meine miserable Verfassung vergessend."

Der Geist von Waldemar Fink setzte sich wieder und verschränkte seine dünnen Arme. „Aber ich muss mich kurz fassen", willigte er ein. „Meine Zeit ist begrenzt, wie du weißt. Nun, zu meiner Zeit, im 18. Jahrhundert also, war die Welt noch unerforscht und unberührt und voller Geheimnisse. Ich bereiste auf der Suche nach seltenen Mineralien und Fossilien fast alle Kontinente der Erde. Zum Glück brauchte ich mir

Dank meiner reichen Vorfahren keine Gedanken um die Finanzierung meiner Reisen und Forschungen zu machen.

Eines Tages nun gerieten meine Helfer und ich im nördlichen Arabien in einen furchtbaren Sandsturm. Wir banden unsere Beduinentücher vor die Gesichter und warteten hinter unseren treuen Kamelen verschanzt das Ende des Sandsturms ab. Es dauerte Stunden, bis sich der mörderische Sturm endlich gelegt hatte.

Die Landschaft danach hatte sich völlig verändert. Wo vorher glühendheiße, weiße Dünenlandschaften waren, befand sich jetzt eine bizarre, steinige, felsige Ebene. Nachdem wir unsere Reisetaschen und Gerbas, wie die Wasserbeutel aus Ziegenleder heißen, vom Sand befreit hatten, begannen wir mit der Untersuchung der Umgebung. Nach einer Weile fand ich einen faustgroßen Stein mit einer seltsamen Maserung, er faszinierte mich, aber ich konnte ihn nicht geologisch einordnen.

Zu Hause zeigte ich ihn allen greifbaren Kapazitäten in den bekanntesten Fakultäten, aber keiner meiner Kollegen konnte den Stein bestimmen. Als letzten Versuch übergab ich ihn eines Tages einem alten Professor mit der Bitte, ihn zu untersuchen.

Nachdem er den Stein kurz betrachtet hatte, bat er mich ihn in sein Laboratorium zu begleiten. Dort untersuchte der greise, erfahrene Wissenschaftler lange und konzentriert den Stein.

„Es gibt nicht viele mystische Steine", erklärte er endlich, „ich selbst hatte noch nie das Glück, einen in Händen zu halten, aber dieser Stein hier scheint einer zu sein. Er könnte sogar der

Einzige seiner Art sein. Sehen Sie diese Linie, sie ist wie ein in Stein gefangenes Universum, sie hat weder einen Anfang, noch ein Ende, das bedeutet „ewig“. Und diese unregelmäßig hellblaue Linie, die in ein tiefes Lila und dann in ein düsteres Schwarz übergeht, bedeutet das Leben in all seiner Vielfalt. Das unergründliche Smaragdgrün, welches aus der Tiefe des Steins zu kommen scheint, dazu die Härte eines Diamanten lassen keinen Zweifel zu, Sie, lieber Kollege, haben den Stein des Lebens gefunden!“

Glaub mir, Frederik, mich schauderte. Als der Professor mir dringend riet, den Stein der Wissenschaft zur Verfügung zu stellen, bat ich um Bedenkzeit.

„Aber nicht zu lange, lieber, junger Freund“, warnte mich der Professor. „Ein Stein wie dieser birgt ungeahnte Gefahren.

„Kannst du dir vorstellen, Frederik, was es bedeutet, ewig zu leben, am Fortschritt der Menschheit mitwirken zu können und zu erfahren, was noch in hundert, tausend und mehr Jahren sein wird? Kein Mensch würde sich diese Chance entgehen lassen. Ich jedenfalls hatte nicht die Absicht, den Stein herzugeben, ich verwahrte ihn in einer kunstvollen Schatulle an einem geheimen Ort. „Wer weiß“, argwöhnte ich, „vielleicht will der Professor selbst den Stein, um an den Errungenschaften der zukünftigen Menschheit teilnehmen zu können.“

Vorausgesetzt man bliebe gesund und würde keinen tödlichen Unfall erleidet, denn unverwundbar machte der Stein natürlich nicht.

Von Stund` an versagte ich mir jede Auslandsreise, nicht auszudenken, wenn ich mich bei den vielen Epidemien, die überall grassierten, anstecken würde. Eine Seuche konnte tausende Menschen hinwegraffen, sogar halbe Städte auslöschen.

Ich ließ mir Bücher von den bekanntesten Forschern und bedeutendsten Ärzten bringen und wusste bald alles über Cholera, Malaria und die Pest. Ich erfuhr, dass mangelnde Hygiene und Ungeziefer die Auslöser dieser furchtbaren Epidemien sein könnten.

Aus Angst davor zog ich mich mehr und mehr zurück. Nur noch ein kleiner Kreis von Auserwählten durfte mein Haus betreten und nur dann, wenn sie ihre Kleider abgelegt und in gekochte Kittel geschlüpft waren, die ich bereitlegen ließ.

Einmal ließ sich der alte Professor melden, der den Stein gedeutet hatte, aber ich wollte ihn nicht sehen und ließ mich wegen Unpässlichkeit entschuldigen.

Die wenigen, die mein Vertrauen besaßen, mussten das Haus täglich von oben bis unten peinlich säubern, jede Maus oder gar ein Floh lösten Panikattacken und Tobsuchtsanfälle bei mir aus. Ich aß nur noch sorgfältig gewaschenes, gekochtes Obst und wurde dabei täglich kraftloser.

Die einzige Freude, die mir blieb, war der Stein. Nachts, wenn alle schliefen, holte ich ihn aus seinem Versteck, hielt ihn lange in den Händen und betrachtete ihn.

Als ich schwächer und schwächer wurde, musste ich auch das einschränken.

Tagsüber saß ich in meinem Lehnstuhl und studierte die neuesten Berichte und Erkenntnisse über Medizin und

Wissenschaften, die mir mein Leibdiener und engster Vertrauter besorgen musste. Oder ich betrachtete träumend die vor meinem Fenster vorbeiziehenden Wolken und gedachte der einstigen, phantastischen, abenteuerlichen Reisen.

Dieser Diener nun, der mich auch sonst über die Neuigkeiten am Laufen hielt, erzählte mir eines Tages, dass sein jüngster Sohn schwer erkrankt sei.

Wenig später bemerkte ich, dass die treue Seele sehr betrübt war, es aber wohl aus Rücksichtnahme auf meinen schwachen Zustand zu verbergen suchte. Ich drang darauf, dass er mir seinen Kummer anvertrauen solle und so erfuhr ich, dass sein Söhnchen in der Nacht an Tuberkulose verstorben sei.

Abends trug er mich hinauf in mein Schlafgemach und bettete mich in mein reines Bett, nicht ahnend, dass er die todbringenden Überträger der Krankheit mit sich trug. Mein schwacher Leib war ihnen nicht gewachsen, in der Nacht fiel ich in ein Koma, aus dem ich nicht mehr erwachte.

Kaum dass ich die weißgekleidete Menschen wahr nahm, die mir Medizin einflößten, um mein Leiden zu lindern und um schließlich mein Sterben zu erleichtern.

Ein Jahr nachdem ich den Stein des Lebens gefunden hatte, war ich, erst fünfundzwanzigjährig, tot. Ironie des Schicksals? Oder sollte ich sagen, ich habe mich falsch entschieden, als mich das Schicksal auf die Probe stellte? Ich, als Wissenschaftler hätte wissen müssen, dass, wer sich gegen die Natur stellt verlieren muss.“

Mit diesen Worten erhob sich der Geist von Waldemar Fink. „Hohe Zeit zu gehen“, meinte er entschuldigend, „die magische Stunde ist vorbei. Es war nett mit dir zu plaudern, Frederik, ich habe wenig Gelegenheit dazu. Im Übrigen siehst du nicht gut aus. Du wirst doch nicht krank sein?“

„Wo ist der Stein des Lebens jetzt?“, fragte ich hastig, denn das Gespenst war im Begriff sich aufzulösen.

„An einem sicheren Ort, wo er hoffentlich nie gefunden wird.“

Der Geist von Waldemar Fink neigte grüßend den Kopf und hatte sich mit einigen schnellen Schritten in der dämmrigen Tiefe des Dachstuhls aufgelöst.

Ich schaute ihm nach. „Hatte es eigentlich auch glückliche Menschen in diesem Haus gegeben?“, fragte ich mich.

Sorgsam schloss ich den kleinen Koffer und schob ihn behutsam beiseite. Auch wenn die magische Stunde vorbei war und ich keine weiteren Begegnungen mit einstigen Bewohnern dieses Hauses befürchten musste, so wollte ich doch kein unnötiges Risiko eingehen. Mein Bedarf an Geistern war fürs Erste echt gedeckt.

Mit bleischweren Beinen stieg ich langsam die Bodenleiter hinunter und schleppte mich in mein Zimmer, wo ich mich mit der Alraune aufstöhnend auf mein Bett sinken ließ.

Die Tage danach waren echt kein Vergnügen, das könnt ihr mir glauben. Alles tat mir weh, der Hals, der Kopf, die Augen, das Schlucken, Reden und Schauen.

Einmal war Doktor Wehmut da, ich musste mich trotz meiner Benommenheit aufsetzen, so dass er mich mit seinem Stethoskop vorne und hinten abhören und dann abklopfen konnte. Während er mir in die tränenden Augen und den wehen Rachen schaute, erklärte er, wie wichtig bei einer Erkrankung das Fieber sei.

„Weißt du, Frederik", plauderte er, „das Fieber ist eine wichtige Abwehrmaßname des Körpers. Deine Eltern sind übrigens perfekte Krankenpfleger, eigentlich braucht ihr mich gar nicht. Aber weil ich nun einmal hier bin, werde ich dir ein leichtes Antibiotika verschreiben und noch heute vorbeibringen lassen. Das wird dir helfen, die Schluckbeschwerden und das Fieber zu überwinden. Schließlich musst du bald wieder fit zum Schneeschaufeln sein, nicht wahr?", scherzte er.

Dann nahm er seine Tasche und ging nach nebenan, zu Lina.

Mama und Papa schienen großes Vertrauen zu dem alten Arzt zu haben, denn sie wirkten gelassen, wenn auch echt müde und abgespannt.

„Sind wir noch immer eingeschneit, Mama?", wollte ich ein paar Tage später wissen. Mama brachte mir meine derzeitige Grundnahrung ans Bett, nämlich eine Kanne Kamillentee, Zwieback und eine Schüssel Apfelkompott.

„In gewisser Weise schon, Frederik", antwortete sie. „Weißt du, an dem Nachmittag, als wir dich fiebernd auf deinem Bett fanden, hörten wir oben auf der Straße das Räumfahrzeug vorbeirattern, bald darauf hatten wir wieder Strom und unser Telefon funktionierte wieder. Zunächst riefen wir die Gemeinde an und baten um schnelle Unterstützung durch einen

Schneeschieber, da wir wegen unserer kranken Kinder dringend einen Arzt kommen lassen müssen. Das kleine Räumfahrzeug, das dann kam, räumte allerdings nur, so wie bei den anderen Einzelgehöften auch, die Zufahrt frei, zur Scheune und zu unseren Autos kommen wir also immer noch nicht. Aber wenigstens konnte Doktor Wehmut nach euch schauen.

Sie zeigte auf den Schuhkarton im Regal. „Die Alraune hattest du übrigens in der Hand, als wir dich fanden. Sie schrumpelt schon, du solltest sie endlich wegwerfen. Schließlich ist sie nur eine Rübe."

„Was wieder mal beweist", dachte ich mir, „dass Erwachsene null Ahnung von mystischen Dingen haben."

Ich trank vorsichtig vom Kamillentee, das Schlucken tat noch arg weh. Wenigstens hatten wir wieder Wasser, wenn Mama Tee kochen konnte.

„Wasser haben wir jetzt wohl wieder?", fragte ich sicherheitshalber.

„Nun ja", meinte Mama gelassen, „die Wasserleitung wird diesen Winter nicht mehr auftauen, im nächsten Winter muss uns etwas eingefallen sein, um ein Zufrieren zu verhindern, aber Doktor Wehmut ließ uns über den Notdienst ein Wasseraufbereitungsgerät bringen. Damit können wir aus dem Schnee vor unserer Haustür Trinkwasser aufbereiten."

„Prima. Aber wie sollen wir ohne Auto einkaufen? Mit dem Bus vielleicht?", wollte ich wissen.

„Nein, Frederik“, meinte Mama lächelnd, „in den Ferien fahren wenig Busse und derzeit wegen den Schneeverwehungen gar keine.“

Nebenan hörte ich Papa lachen und Linas heisere Stimme, es ging ihr also auch wieder besser.

Dann kam Papa ins Zimmer und legte mir seine Hand auf die Stirn.

„Na also, Großer, es geht ja wieder“, meinte er. „Da heute schon dein zweiter fieberfreier Tag ist, können wir es morgen, am Weihnachtstag, mit dem Aufstehen probieren, nicht wahr?“

Ich nickte und verdrückte das Apfelkompott komplett. Mein Hunger war wieder größer, als die Angst vorm Schlucken. „Bitte noch eine Portion, Mama“, bat ich. „Es schmeckt echt lecker.“

„Allerdings wird es das Christkind schwer haben, zu uns zu kommen“, versuchte mich Papa auf das morgige Weihnachten vorzubereiten. „Aber, Frederik, das Wichtigste ist doch, Lina und dir geht es wieder besser, nicht wahr? Verhungern und verdursten werden wir dank dem Wasseraufbereitungsgerät und unserer Tiefkühltruhe nicht so schnell. Hast du übrigens gesehen, Frederik, es hat aufgehört zu schneien, die Sonne scheint wieder.“

Ich beugte mich vor, um besser zum Gaubenfenster sehen zu können, und wirklich, die Eisblumen waren in der Fenstermitte weggeschmolzen und ein strahlender Sonnenschein grüßte herein.

Am Nachmittag brachte mir Papa das Handy. „Es lag im Papierkorb", erklärte er, als ich ihn fragend anschaute, „erst als es klingelte, fanden wir es. Ach, ja, Lehrer Hauser hat sich nach dir erkundigt, ich soll dir von ihm Besserungswünsche und Weihnachtsgrüße ausrichten!"

Das fand ich nett, aber als ich jetzt das Handy ans Ohr hielt und Egons freche Stimme hörte, freute ich mich echt.

„Hallo, Alter!", rief er allzu laut, so dass ich das Handy etwas vom Ohr abhalten musste. „Gratuliere, dass du dich erfolgreich vorm Krippenspiel gedrückt hast. Ja, du hast richtig gehört, unsere Klasse musste, weil so viele Zweit- und Drittklässler wegen des Schnees gefehlt haben, beim Krippenspiel aushelfen. Paul und ich waren Hirten und standen so herum. Aber es war trotzdem nett, auch ohne dein Harmonium-Geklimper. Das hat Kaplan Lehmann mit dem Klavier besorgt, unter uns gesagt, das war auch nicht viel schöner. Ach, was ich dich fragen wollte, wie geht es dir?"

„Gut, Kleiner", krächzte ich. „Jammerschade, ich hätte euch gern als Hirten gesehen. Aber solltest du dich auch vor etwas drücken wollen, kein Problem, ein paar Viren kann ich dir noch abtreten. Nur musst du wissen, die Pusteln jucken zum Wände hoch laufen, wenn es mit den wackligen Beinen ginge. Und besonders schön seh'n sie auch nicht aus."

„Typisch Fred", feixte Egon, „immer muss er übertreiben. Du willst wohl bemitleidet werden, was?"

„Ne, nicht notwendig", erwiderte ich mühsam, meine Stimmbänder begannen arg zu schmerzen. „Mal was von Paul gehört?"

„Ne“, meinte Egon, „in der Schule ging es ihm noch gut, aber jetzt sind ja Weihnachtsferien. Weißt du, eigentlich wollte ich dich besuchen, Fred, aber Pusteln kann ich mir nicht leisten. Meine Oma kommt nämlich am zweiten Weihnachtsfeiertag und da will ich sie nicht erschrecken. Mach's gut, Alter, und frohe Weihnachten!“

Egon hatte es plötzlich eilig, wahrscheinlich musste er das Gehörte erst einmal verdauen. „Schön von dir, Egon“, konnte ich grad noch sagen, „dass du auf deine Oma Rücksicht nimmst. Auch frohe Weihnachten!“

Am nächsten Morgen kam Lina schon angezogen in mein Zimmer und wünschte mir mit heiserer Stimme frohe Weihnachten. „Wir dürfen heute aufstehen, Fredi, freust du dich auch?“

„Guten Morgen, Frederik“, wünschte mir auch Mama, die hinter Lina ins Zimmer kam. „Gut geschlafen?“

„Ja“, krächzte ich. Aber, oh Mann, wie sah Lina nur aus, so blass und dünn, ihre braunen Augen wirkten durch die dunklen Schatten, die sie umgaben, unnatürlich groß, ihr Gesicht und ihre Arme waren von leicht aufgeworfenen, rotvioletten Pusteln übersät.

„Wie geht's dir, Lina?“ fragte ich und versuchte mir meinen Schrecken nicht allzu sehr anmerken zu lassen, immerhin musste ich davon ausgehen, dass ich auch so aussah wie sie. Dann wäre meine aus purem Übermut übertriebene Beschreibung der Pusteln, gestern bei Egon, doch nicht so übertrieben gewesen.

„Mir geht's gut", behauptete Lina fröhlich. „Stehst du jetzt auch auf, Fredi?"

„Keine Sorge", beruhigte mich Mama, die meinen Schrecken bemerkt hatte, „Lina geht es gut, seit zwei Tagen ist sie annähernd fieberfrei und auch ihr Appetit stellt sich wieder ein. Dank der Creme, die uns Doktor Wehmut verschrieben hat, hält sich der Juckreiz in Grenzen und die Pusteln werden in den nächsten zwei Wochen restlos abgeheilt sein. Geh dich jetzt waschen, Frederik, im Bad hab ich dir ein warmes Wasser bereitgestellt. Ich schau gleich noch mal nach dir."

Sie ging mit Lina hinunter, wahrscheinlich um Papa beim Frühstückmachen zu helfen, und ich tapste mit unsicheren Beinen ins Bad. Während ich mich mit einem feuchten Waschlappen abrieb, wurde es mir schlecht, im Nu brach mir der kalte Schweiß aus und ich musste mich auf den Badewannenrand setzten, auf keinen Fall wollte ich ins Bett zurück. Die Tür ging auf und Mama schaute herein.

„Keine Sorge, Frederik", beruhigte sie mich, „dein Kreislauf ist noch unstabil nach einer Woche im Bett. Heute wirst du dich immer mal hinlegen müssen. Komm, ich helfe dir beim Eincremen und Anziehen."

Als ich angezogen neben ihr auf meinem Bett saß, fiel mir auf, wie erschöpft und niedergeschlagen sie aussah.

„Geht's dir gut, Mama?", fragte ich.

„Ja, mein Schatz", beteuerte sie, konnte es aber nicht verhindern, dass ihre Mundwinkeln und die Hände ein wenig zitterten. Schnell zog sie ihr Taschentuch aus der Rocktasche, betupfte sich damit die feuchten Augen und putzte sich kräftig die Nase. „Nun, ja", gestand sie, „dieses Weihnachten, das erste in diesem Haus, ist anders, als wir es uns gewünscht haben. Das macht mir ehrlich gesagt ein wenig zu schaffen."

Mama seufzte und schaute mich traurig an. „Weißt du, Oma und Opa können nicht kommen, weil die Straßen verweht sind. Vielleicht an Silvester, hoffen wir. Wir können nicht in die Christmette gehen und das Schlimmste, wir werden nicht einmal einen Christbaum haben. Scheint so, als wären wir dieses Weihnachten von Gott und der Welt verlassen." Dieses Mal weinte sie wirklich.

Wenn Eltern weinen, dann ist es geradeso, als würde einem der Boden unter den Füßen wegrutschen. Ich legte behutsam meine Arme um sie. „Aber das macht doch nichts, Mama", versuchte ich sie zu trösten. „Wir haben doch uns."

Mama drückte mich sanft an sich. „Ja, das stimmt, Frederik. Du, Lina und Papa, ihr seid meine größten Schätze. Wenn ich euch habe, ist alles gut!"

„Alles in Ordnung?", fragte Papa, als wir in die Küche kamen, dabei schaute er mich prüfend an.

„Schon", meinte ich, „aber ich habe einen Riesenhunger!"

Es duftete gut nach Kaffee, Honig, Milch und aufgebackenen Brötchen. Auf dem Tisch war ein weißes Tuch gebreitet, unser gutes Sonntagsgeschirr war aufgedeckt und Papa zündete die dicke Kerze darauf an. Es gab Brötchen, Pflaumenmus, Honig, Kakao, wo kamen all diese Sachen nur her?

„Frohe Weihnachten, ihr Lieben!", wünschte uns Papa herzlich.

„Frohe Weihnachten!", antworteten wir und griffen zu.

Nach der tagelangen Abstinenz genossen Lina und ich das Frühstück mit kleinen Schlucken und Bissen, damit es uns auch gut bekommen sollte, und Papa erzählte, wie wir dazu gekommen sind.

„Zieglers haben uns gestern freundlicherweise einen Karton mit Lebensmittel vorbeigebracht, Milch, Kartoffeln, Mandarinen, Äpfel, Weißbrot, Tee, Kaffee und was man so braucht über die Feiertage. Das finde ich so aufmerksam und hilft uns sehr in unserer etwas fatalen Lage."

Lina und ich nickten stumm, mit vollem Mund soll man ja bekanntlich nicht reden.

„Kann das Christkind überhaupt heute kommen?", wollte Lina dann völlig unaufgeregt wissen.

„Na, ja, vom Schnee lässt es sich im Allgemeinen nicht abhalten, Liebes", meinte Papa, aber ganz sicher schien er sich da nicht zu sein.

Nach dem Frühstück ordnete Papa Ruhe an, auch für Mama.

Im Wohnzimmer packte er Lina und mich auf den Sofas fachgerecht in Decken ein, dann lotste er Mama, die sich ein wenig sträubte, energisch in sein Büro, wo er sie im großen Ohrensessel in Kissen und in eine Decke bettete. Von einer CD erklang leise Weihnachtsmusik, dazwischen erzählte eine angenehme Männerstimme Weihnachtsgeschichten.

„Eine Stunde mindestens will ich nichts von euch hören", drohte Papa scherzhaft. „Was soll das Christkind von einer so müden und erschöpften Gesellschaft denken?"

Dann hörte ich ihn in der Küche und im Haus herum klappern.

„Es wäre schön", dachte ich bei mir, „wenn ich für die Eltern und für Lina ein Weihnachtsgeschenk hätte. Vielleicht aus Tonpapier gefaltete Sterne. Aber das wäre eher was für Lina, sie hatte sowas während der Adventzeit in der Schule gelernt."

Ich schaute zu ihr hinüber, sie war eingenickt.

„Oder einen von Mamas Blumentöpfen hübsch mit Sternen bekleben, oder noch besser mit Wasserfarben bemalen", überlegte ich weiter. „Passenderweise könnte man Schneemänner darauf malen und Papiersterne drum herum streuen. Ob Lina mir wohl helfen will?"

Aber sie war nun endgültig eingeschlafen, wie ich an ihrem entspannten Pustel-Gesichtchen sehen konnte.

Langsam pellte ich mich aus der Decke, stand auf und schlich auf den Flur hinaus. Niemand zu sehen, Papa hörte ich oben in den Schlafräumen herum rumoren. Der Moment schien günstig, zumal auch Mama still im Ohrensessel lag, wie ich im Vorbeischleichen feststellte.

Die Tür zum Anbau war meistens unverschlossen, so konnte ich jetzt fast geräuschlos hineinschlüpfen.

Das eiserne Kanonenöfchen gegenüber knisterte leise, ein großer Einmachtopf, in dem wohl Schnee schmolz, stand darauf. Ich fühlte mich in dem stillen Raum ein wenig unbehaglich, wenn nur Lina da wäre.

Vor der Waschmaschine stand eine Wanne mit eingeweichter Wäsche und auf der Wäschespinne hingen Laken, Handtücher und Schlafanzüge.

Im Metallregal links an der Wand hoffte ich einen geeigneten Blumentopf zu finden. So mittelgroß sollte er sein, überlegte ich, und einfach in der Form. Ich nahm einen heraus und betrachtete ihn.

„Hallo, Frederik!" Beinahe wäre mir vor Schreck der Blumentopf aus den Händen gefallen, ich stellte ihn vorsichtig ins Regal zurück.

Diese sonore Stimme kannte ich doch? Sie kam von irgendwo gegenüber.

„Ist hier jemand?", fragte ich beklommen und schob auf der Wäschespinne ein Handtuch beiseite, um besser zur Waschmaschine und zum Tisch hinübersehen zu können.

„Hier bin ich, Frederik, auf dem Büfett", erklang es wieder.

„Oh, hallo, Till!", antwortete ich, als ich ihn auf dem Unterschrank sitzen sah, er stützte sich auf seinen großen Händen ab und musterte mich interessiert.

Anfangs hielt ich die Erdmänner für Monstermäuse, weil sie mit ihren kräftigen, großen Füßen so schnell wie Mäuse huschen konnten. Sie waren bis auf ihre listigen Gesichter mit den großen Nasen und lebhaften, kleinen Augen grau behaart.

Mit ihren großen Händen an den dünnen Armen konnten sie verblüffend geschickt sein, wie ich schon feststellen konnte.

Till schaute mich belustigt an, seine Ohren waren größer und röter, als wie ich sie in Erinnerung hatte, ein Seil hing über seiner rechten Schulter.

Neben ihm stand, die Arme im Rücken verschränkt und mich aufmerksam betrachtend, ein weiterer Erdmann.

„Freut mich, dass du dich an uns erinnerst und du wieder auf den Beinen bist", meinte Till freundlich. „Ist deine Schwester auch wieder wohlauf?"

„Sie ist auf dem Weg der Besserung", antwortete ich schüchtern.

„Das ist gut", meinte Till und kratzte sich verlegen hinterm rechten Ohr. „Weißt du, Frederik, wir haben uns tatsächlich Sorgen euretwegen gemacht, in solch' misslichen Situationen, wie ihr es seid, sind Menschen doch recht unbeholfen."

„Aber ihr habt euch gut geschlagen!", kam es anerkennend aus der Wäschespinne. Überall wuselte es plötzlich von kleinen Gestalten.

„Eure Katzen", meinte Till und machte ein bedauerndes Gesicht, „mussten wir übrigens für kurze Zeit in Anspruch nehmen, genauer gesagt, wir benutzten sie, um über ihre Katzenbuckel zur schräggestellten Glasbauluke und in diesen Raum hier zu gelangen."

„Die Mäusetunnel sind derzeit unpassierbar", erklärte ein anderer, der oben auf der Büfettkante saß.

„Aber eure Katzen waren wenig kooperativ“, meinte ein anderer Erdmann bedauernd. „Wir mussten ihnen eine kleine Dosis Pflanzendroge injizieren, um sie gefügig zu machen.“

„Keine Sorge“, beruhigte mich Till, als er mein ratloses Gesicht sah. „Sie sind ein wenig verwirrt, aber ansonsten vollkommen unbeschadet. Im Übrigen sitzen sie putzmunter auf eurem Küchenfenstersims und wollen in die warme Küche.“

Till richtete sich auf, wohl um der Bedeutung seiner folgenden Worte einen würdigen Rahmen zu geben.

„Vorige Woche nun gelang uns etwas, das sich in diesem Haus in den letzten fünfhundert Jahren nur viermal ereignen konnte, nämlich die magische Stunde heraufzubeschwören, es ist die Geburtsstunde des Ketzerrichters Johannes Fink. Denn bedenke, Frederik, um in diesem Haus die mystische Stunde heraufbeschwören zu können, braucht es einen unschuldigen Menschen, der mit einem magischen Hilfsmittel und einem Gegenstand des Ahnen, der erscheinen soll, ausgestattet, zur rechten Stunde, am rechten Ort sein muss. Das gelingt außerordentlich selten und ist recht schwierig.

Ich starrte Till ungläubig an. Oh, Mann, dann waren es also doch sie, die für den Spuk auf dem Dachboden verantwortlich waren?

Till nickte, so als könnte er meine Gedanken lesen, dann fuhr er mit stolz gewölbter Brust fort: „Wir erkannten die Riesenchance, die sich uns plötzlich bot, denn du, Frederik, warst zur rechten Zeit am rechten Ort, und das Wichtigste, du bist im Besitz eines magischen Hilfsmittels, der Alraune nämlich. Allerdings wird sie nun bald ihre mystischen Kräfte verlieren."

In der Waschküche war kein Mucks zu hören.

„Uns blieb sehr, sehr wenig Zeit für die Vorbereitung", fuhr Till fort. „Bis zur magischen Stunde waren noch schier unüberwindliche Hürden zu bewältigen. Zuerst kletterten einige von uns über den Nussbaum auf euer Dach, wir wissen, dass man von dort in den Dachboden gelangen kann, wie du weißt befinden sich dort persönliche Gegenstände der Ahnen der Finks. Wir hatten Glück, eine der Dachluken stand einen Spalt offen, ansonsten hätten wir ein Fenster beschädigen müssen.

Du schaufeltest gerade mit deinem Vater den Weg vor eurem Haus frei, als wir durch die Dachluke in den Dachboden gelangten. Wir hörten deine Mutter im Haus und mussten sie irgendwie dazu bewegen, die Bodenleiter herunterzulassen, wir sind zu klein dazu, weißt du. Also machten wir mächtig Krach, bis sie sich dazu entschloss, die Leiter herunterzulassen und heraufzukommen.

„Ich huschte an ihr vorbei und in die Küche hinunter", ließ sich ein anderer Erdmann vernehmen. „Dort schepperte ich so lange mit Kochlöffeln herum, bis sie herunterkam und vergaß, die Bodentreppe wieder hochzuklappen. Das war wichtig!"

„Wir haben deine Mutter ungern gescheucht", meinte Till bedauernd. „Sie war sehr schreckhaft an diesem Tag. Aber nun kam das Schwierigste, wir mussten dir die Alraune in die Hände spielen. Flori lauerte unter deinem Bett und, als du kamst und unter deinem Bett etwas suchtest, wohl eine

Taschenlampe, da schob er dir die Schachtel mit der Alraune zu. Übrigens, ein geniales Ding so eine Taschenlampe. Jedenfalls hatten wir inzwischen im Dachboden mit vereinten Kräften die entsprechenden Koffer so geschoben, dass du darüber stolpern musst, falls du rechtzeitig hochkommen solltest.

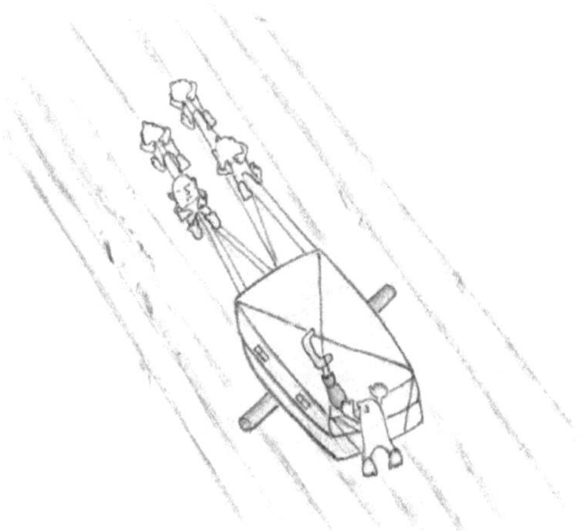

Eigentlich sind die Koffer zu schwer für uns, wie du dir denken kannst, aber wir machten es wie die alten Ägypter mit Seil und Rundstab. Das hat sich bei solchen Gelegenheiten immer bewährt." Till deutete auf das Seil über seiner Schulter.

„Nun war alles bereit", fuhr Till fort, „jetzt kam es nur noch auf dich an, Frederik, dass du zur rechten Zeit heraufkommen würdest. Wir rechneten mit deiner Neugier, du hast uns nicht enttäuscht!"

Ich muss sagen, ich konnte kaum glauben, was ich da hörte. „Aber die Gespenster", wandte ich ein, „sie hatten so traurige

Schicksale. Waren denn alle Ahnen der Finks unglückliche Menschen?"

„Ganz sicher nicht", meinte Till, „die meisten waren vom Glück begünstigt, aber einige haben es nicht erkannt und es leichtfertig durch ihre Kurzsichtigkeit und Gier verspielt.

Till stützte seine großen Hände an seine Seiten und schaute mich kritisch abwartend an.

„Nun, gut", meinte er schließlich leicht enttäuscht, „du musst dich nicht dafür bedanken, Frederik Wolf, dass du die seltene Gelegenheit bekommen hast, die Bekanntschaft zweier Ahnen der Finks zu machen. Aber jetzt mal was anderes, suchtest du vorhin nicht nach einem Weihnachtsgeschenk für deine Eltern und deine Schwester?"

„Ja", antwortete ich. Mich wunderte nicht, woher er das wusste, mich wunderte gar nichts mehr."

„Hm, da wüssten wir vielleicht etwas." Tim schaute mich, den Kopf etwas zur Seite geneigt, schelmisch an. „Weißt du, Frederik", meinte er, „wir müssen zugeben, deine Eltern nötigen uns einigen Respekt ab!"

Reihum zustimmendes Gemurmel.

„Zehn Jahre lang wurde dieses Bauernhaus von Pflanzen überwuchert und von den Tieren des Waldes und der Auen bewohnt, das war gut. Aber dann kamt ihr und nicht einmal nach einem Jahr haben deine Eltern durch unermüdlichen Fleiß dieses Haus schöner erstehen lassen, als es jemals war. Dennoch haben sie einiges vergessen." Till zeigte mit seinem dicken Zeigefinger auf den Unterbau des Büfetts. „Zum Beispiel dieses Bauernbüfett hier."

Misstrauisch musterte ich dieses alte Ding, komisch, dass es die Eltern beim letzten Sperrmüll nicht hatten entsorgen lassen. Aber wenigsten war es inzwischen frei von Spinnweben und Staub.

„Du weißt bestimmt noch, Frederik", erinnerte mich Till, „dass sich in der linken Schublade Schlüssel befinden. Hol sie raus und schließe damit die Büfetttüren auf. Die oberen zuerst."

Richtig, die Schlüssel in der linken Schublade hatte ich früher schon gefunden, ich zog sie auf und nahm gleich einige Schlüssel heraus, um sie durchzuprobieren. Zuerst oben, am Büfettaufsatz.

Die Erdmänner hockten und standen am Absatz des Büfetts und oben auf der Büffetkante und schauten ungeduldig zu, wie ich endlich die rechte Doppeltür aufbekam.

Übereinander gestapelte Schachteln, sonst nichts.

Ich nahm zwei der Schachteln heraus und legte sie auf dem Waschtisch ab.

Die Erdmänner waren mir gefolgt und sahen zu, wie ich den Deckel der ersten Schachtel abnahm und aus einem Seidenpapier einen bunt schillernden, zierlichen Glasvogel mit einer Silberkordel daran auspackte.

„Ein Christbaumanhänger", murmelte ich erstaunt.

Ringsherum bewunderndes „Oh" und „Wie schön".

Acht filigrane Kunstwerke lagen in jeder der zwei Schachteln, eines schöner als das andere. In einer separaten, kleineren Schachtel befanden sich viele weißlackierte, sternförmige Kerzenhalter. Ich war echt beeindruckt, aber auch erschöpft, ich hatte das unbedingte Bedürfnis mich ein wenig auszuruhen.

Aber die Erdmänner ließen nicht locker. „Schließ jetzt die andere Tür auf", drängten sie unerbittlich.

Ich legte die Schachteln wieder zurück an ihrem Platz und schloss die andere Tür des Oberschranks auf. Auch dort lagen Schachteln, diesmal etwas größere, vier an der Zahl.

Wieder folgten mir die Erdmänner zum Waschtisch, wo ich sie abstellte und öffnete.

„Ein Kaffeegeschirr", stellte ich ein wenig enttäuscht fest. Die zierlichen, kunstvoll bemalten, an den Rändern geschwungenen Tässchen, Tellerchen und Kännchen waren echt niedlich, aber wer sollte damit spielen? Meine Schwester Lina bei ihrem großen Verschleiß an Puppengeschirr ganz sicher nicht.

In der zweiten Schachtel befand sich im selben Dekor ein Speiseservice. In der dritten gusseiserne Kochtöpfchen und Bratpfännchen und in der letzten Schachtel verschieden große, gusseiserne Backförmchen. Ich packte alles wieder ein und stellte die Schachteln zurück ins Büfett.

„Jetzt noch der Unterschrank?", drängten die Erdmänner, obwohl sie doch sehen mussten, dass es mir nicht gut ging.

Ich wischte mir mit dem Handrücken den Schweiß von der Stirn und machte mich daran, auch die Türen des Unterschranks aufzuschließen.

Einmachgläser, Bücher, Schachteln dachte ich noch, dann wurde es dunkel und schwerelos.....

Als ich zu mir kam, lag ich im Wohnzimmer auf einem der Sofas, in eine Decke gepackt, auf meiner Stirn lag ein kühler, feuchter Waschlappen.

„Na, wieder an Bord?", hörte ich Papa sagen. „Du hast dir wohl für den Anfang zu viel zugemutet, Frederik. Statt wie angeordnet auszuruhen, bist du auf Schatzsuche gegangen."

„Und bist fündig geworden", fügte Mama hinzu, sie kam mit einer Kanne Tee und mit Gläsern herein, gefolgt von Lina, die ein Körbchen mit Keksen in der Hand hielt.

„Aha", dachte ich, „sie weiß also vom Christbaumschmuck."

Lina kuschelte sich zu mir aufs Sofa und Mama und Papa setzten sich in die Sessel. Wir knabberten Kekse und tranken Tee.

„Sind die Katzen wieder da?", erkundigte ich mich.

„Ach, das weißt du also auch schon, Mister Allwissend?", wunderte sich Papa. „Vorhin saßen sie jämmerlich miauend auf dem Küchensims. Als ich sie hereinließ, sprangen sie sofort auf die Kaminbank, wo sie jetzt noch schlafen. Wer weiß, wo sie sich wieder herumgetrieben haben."

„Hast du vorhin etwas Bestimmtes gesucht, Frederik?", erkundigte sich Mama.

„Im Büfett, das du ungefragt aufgeschlossen hast?", wollte auch Papa mit strengem Unterton wissen.

„Ich habe für euch ein Weihnachtsgeschenk gesucht", erklärte ich freimütig, wozu jetzt noch ein Geheimnis daraus machen. „Dabei bin ich den Erdmännern begegnet."

„Aha", Papa lächelte nachsichtig, „den Erdmännern haben wir also deine Neugierde zu verdanken."

Nein, es hatte echt keinen Sinn, ihnen von den Erdmännern zu erzählen. Erwachsene sind für solche Sachen einfach blind und taub.

„Wer weiß schon, was sich noch so im Bauernhaus verbirgt", meinte Mama, „schließlich wohnen wir nicht einmal ein Jahr hier. Im Keller waren wir zum Beispiel noch gar nicht und auch nicht auf dem Speicher. Unlängst allerdings hörte ich seltsame Geräusche oben, ich ließ die Bodenstiege herab und schaute nach, natürlich waren es Mäuse. Eine huschte an mir vorbei, hinunter in die Küche, wo sie herum klapperte.

„Hm, wieder diese Monstermäuse", schmunzelte Papa.

Ein eigenartig quietschendes Geräusch ließ uns aufhorchen und zu den Fenstern schauen, jemand machte sich daran zu schaffen.

„Das Christkind", durchzuckte es mich.

Die Eisblumen wurden an beiden Fenstern rasch mit Eisschiebern weggeschabt, draußen wurde ein großer Schneemann sichtbar, er glitzerte im Sonnenschein. Auf seinem dicken Kopf saß eine Schneebrille, dazwischen eine dicke Möhre und darunter waagrecht angeordnete Kohlestückchen, die dem Schneemann ein breites Lächeln verliehen. Zwei Äste bildeten die Arme, in einer Astgabel steckte ein weißer Karton, auf dem mit rotem Filzstift geschrieben stand: „Der Familie Wolf ein frohes, gesegnetes Weihnachtsfest!" Vor seinem runden Bauch stand ein Korb mit Tüten und Flaschen.

„Das Christkind ist gekommen!", rief Lina aufgeregt.

„Na, da wollen wir es doch hereinbitten", meinte Papa und ging zur Eingangstür, an der es in diesem Moment klingelte. Lina und ich beobachteten mit klopfendem Herzen, wie er sie öffnete.

Draußen standen dick in Wollmützen, Jacken und Mänteln eingemummte Gestalten, hinter dicken Schals ertönte ein vielstimmiges: „Ein frohes, gesundes Weihnachtsfest zusammen!"

Die größte Gestalt, ein Hüne, trug einen Tannenbaum auf seiner Schulter.

„Dürfen wir hereinkommen?", fragte eine der kleineren Gestalten, die ich nicht nur an der Stimme als Frau Ziegler, Egons Mutter, erkannte. „Wir hätten etwas abzuliefern."

„Falls wir hier richtig bei der Familie Wolf sind?", erkundigte sich die dritte erwachsene Person, die sich als Pauls Mutter, Frau Gruber, entpuppte. Am Arm trug sie den Korb, der vorhin beim Schneemann stand.

Die beiden etwas kleineren Vermummten hielten ihre behandschuhten Hände vor den Mündern, um ein Kichern zu unterdrücken, was ihnen nicht ganz gelang.

Wir erholten uns schnell von unserer Verblüffung und Mama bat den unerwarteten Besuch herein, sie hatte Freudentränen in den Augen, wie ich zufrieden bemerkte.

Herr Ziegler, natürlich war er es, legte den Baum im Flur ab, dann hießen meine Eltern unsere Gäste willkommen. Sie hingen ihre Mäntel in die Garderobe, wo sie auch ihre Stiefel abstreifen konnten, und legten ihre Mützen, Schals und Handschuhe auf die Ablage.

„Hey, Kleiner“, begrüßte ich Egon, der mich übrigens um einen halben Kopf überragte. „Hast du denn keine Angst mehr vor meinen Pusteln?“

„Bleib mir bloß vom Leib“, meinte Egon und wich übertrieben entsetzt zurück. „Du siehst ja schlimmer aus wie ein Zombie. An Fastnacht brauchst du dich jedenfalls nicht zu verkleiden.“

Ich lachte und wandte mich an Paul, der mich misstrauisch musterte. „Hallo, Paul, richtig gut, dass ihr gekommen seid“, freute ich mich.

„Hallo, Fred! Bist du sicher, dass du wieder gesund bist?“

„Sicher, Paul, mir geht’s echt prima.“

Was soll ich sagen, für mich war es gerade so, als wäre das Christkind höchstpersönlich gekommen.

Herr Ziegler schulterte wieder den Tannenbaum und folgte Papa ins Wohnzimmer.

Wir hatten zwar keine einzige Weihnachtskugel mehr, die waren, soviel ich weiß, bei unserem Umzug zerbrochen, aber Papa meinte, irgendwo müsste noch ein Weihnachtsbaumständer sein. Den galt es jetzt zu finden.

Wussten meine Eltern eigentlich von dem Weihnachtsschmuck im Büfett? Ich konnte mich nicht mit Sicherheit erinnern, dass Mama es erwähnt hatte.

Während Papa den Christbaumständer suchte, ging sie mit Frau Gruber und Frau Ziegler in die Küche, um das Mittagessen vorzubereiten.

„Es gibt Pfannkuchen und Bratäpfel, gefüllt mit Brombeergelee“, verriet sie. Unsere Gäste waren natürlich dazu herzlich eingeladen.

Herr Ziegler und wir Kinder blieben im Wohnzimmer zurück und warteten auf Papa, der hoffentlich einen Christbaumständer finden würde.

„Seid ihr wirklich wieder ganz gesund?“, erkundigte sich Egon noch einmal, anscheinend waren ihm Linas und mein Anblick immer noch suspekt. Lina beruhigte ihn. „Doktor Wehmut hat gesagt“, meinte sie wegen ihrer noch gereizten Stimmbänder leise, „mit einer großen Lupe kann man Masernviren sehen. Hast du nicht eine Lupe, Fredi?“

„Lieber nicht, Lina“, wehrte ich ab, „an Weihnachten sollte man niemanden erschrecken, oder?“

Alle lachten, außer Egon, er fand das nicht sonderlich witzig.

„Keine Sorge, Egon“, beruhigte ihn sein Vater, „wir hätten gar nicht kommen dürfen, wenn noch Ansteckungsgefahr bestünde. Wenn erst einmal das Fieber weg ist, was bei Frederik und Lina der Fall ist, sind auch die Viren tot. Falls nicht“, fügte er augenzwinkernd hinzu, „tja, dann werden wir es wohl sehr bald merken!“

Papa kam tatsächlich mit einem Christbaumständer zurück und die beiden Männer begannen den Baum aufzustellen.

„Am besten zwischen den Fenstern“, schlug Papa vor, „da haben wir den Schneemann draußen gut im Blick.“

Es war ein schöner, großer Baum, muss man sagen, er reichte fast bis zur niederen Holzdecke. Sein Nadelduft erfüllte die ganze Wohnung, aber ein richtiger Weihnachtsbaum war er eigentlich nicht.

Später, als wir uns in der Küche die Pfannkuchen und Bratäpfel schmecken ließen, erzählten Egon und Paul kichernd, wie sie vorhin leise ans Haus herangeschlichen waren und vor unseren Wohnzimmerfenstern, möglichst lautlos und mit Hilfe der Großen, den Schneemann gebaut hatten.

„Unser Auto ließen wir oben in der Einfahrt stehen, damit ihr uns nicht hören könnt", schmunzelte Herr Ziegler.

„Die Überraschung ist euch voll gelungen", meinte Mama glücklich. „Wir sind so froh, dass ihr da seid!"

Wieder im Wohnzimmer nahm Frau Gruber eine Flasche alkoholfreien Glühwein und zwei Flaschen Fruchtsäfte aus ihrem Korb, den Inhalt der Tüten leerte sie in eine Glasschale, die Mama bereitgestellt hatte. Vanillekipferln, Makronen, Plätzchen mit Nüssen, Lebkuchen und noch mehr, die ganze, große Schale voll.

„Größtenteils von Frau Ziegler und mir gebacken", meinte Frau Gruber bescheiden." Sie legte noch einige Mandarinen dazu.

Es duftete wunderbar nach Zimt, Plätzchen, Orangen und Tannenbaum, nach Weihnachten eben. Wir nahmen auf den Sofas und in den Sesseln Platz und naschten von den Plätzchen. Mama zündete die Kerze auf dem Tisch an und füllte Traubensaft in die Gläser, von einer CD erklang leise Weihnachtsmusik.

Lina nickte in ihrer Sofaecken ein.

Da fragte ich Mama sicherheitshalber: „Hast du den Christbaumschmuck im Büfett auch gesehen, Mama?"

„Welchen Christbaumschmuck meinst du?", wunderte sie sich.

„Na, der in der Waschküche, im Bauernbüfett."

Kurze Pause, Mama und Papa schauten sich nachsichtig lächelnd an, wahrscheinlich glaubten sie ich fantasiere oder erlaube mir einen Scherz.

„Na, dann lasst uns doch diesen geheimnisvollen Christbaumschmuck einmal anschauen!", schlug Papa vor und stand auf.

Wir gingen durch den Flur zur Waschküche, Lina blieb schlummernd in ihrer Sofaecke zurück.

An den Büfetttüren steckten noch die Schlüssel, Papa öffnete die obere Doppeltür und holte mit Mama die Schachteln heraus, die ich schon kannte. Sie legten sie, so wie ich am Vormittag, auf dem Waschtisch ab.

Als Papa die erste Schachtel öffnete und das erste schillernde Kunstwerk in Händen hielt, waren alle hingerissen. Gespannt beobachtete man, wie weitere Kostbarkeiten enthüllt wurden. So wie am Vormittag die Erdmänner, so waren auch jetzt alle verzaubert von dem überaus hübschen, nostalgischen Christbaumschmuck.

„Mann, oh, Mann“, meinte Papa, „der muss ja schon uralt sein und doch sind kaum Gebrauchsspuren daran zu sehen.“

Auch das Puppengeschirr wurde ausgepackt und bestaunt.

Dann wandte man sich dem Unterschrank zu.

Altmodische aber sehr detailgetreue Pläne und Bastelanleitungen von Flugzeugen, Schiffen, Windmühlen und Wasserrädern kamen zum Vorschein. In einem der kleineren Kartons befanden sich viele braune Tütchen, die Frauen entzifferten die verblichenen Beschriftungen darauf: Tomaten-, Gurken-, Radieschen-Samen, Sorten, die man schon lange nicht mehr kennt, meinte Mama. Sie musste es wissen, sie kannte sich mit Pflanzen extrem gut aus. „Womöglich können sie noch anwachsen und blühen, vielleicht sogar Früchte tragen“, vermutete sie beglückt.

Neben den altmodischen Einmachgläsern lagen in Kartons Koch, -Back-und Einweckbücher, zwar ein wenig vergilbt und mit eigenartiger Schrift, aber wunderschön illustriert. Die Frauen jedenfalls konnten sie lesen und vertieften sich in sie.

„Schaut mal“, Mama zeigte in einem der Kochbücher auf das Herausgabe-Datum, es war auf das Jahr 1875 datiert.

„Ist das Christkind gekommen?“

Wir saßen auf dem Boden oder lehnten am Waschtisch und waren derart in die Bücher und Bastelanleitungen vertieft, dass wir Lina gar nicht bemerkt hatten, sie stand in der Tür und betrachtete uns erstaunt.

„Oh, ja, Lina-Schatz", antwortete Mama. „Komm nur her und schau, was es uns gebracht hat."

Mama trat an den Waschtisch und betrachtete nachdenklich das kleine, gusseiserne Backgeschirr.

„Sieht so aus", meinte sie und wandte sich zu uns um, „als hätte uns das Christkind alle reich beschenkt. Anzunehmen, dass diese Mauern noch einiges beherbergen, das Menschen gehört hat, die lange vor uns hier gelebt, gearbeitet und gefeiert haben und hier gestorben sind.

„Und was willst du damit sagen, Ingrid?", wunderte sich Papa über Mamas merkwürdige Ansprache.

„Nun", antwortete Mama, „ich denke, die früheren Besitzer dieser Schätze werden nichts dagegen haben, wenn wir sie mit dem nötigen Respekt benutzen. Ich schlage vor, wir teilen sie brüderlich und schwesterlich unter uns auf."

„Das kommt nicht in Frage, Frau Wolf!", widersprach Herr Ziegler energisch. „Sie haben dieses Haus, uralt und verkommen wie es war, samt den Mäusen und dem Gerümpel gekauft. Wenn sich jetzt etwas Wertvolles gefunden hat, dann gehört es Ihnen. Wir werden bestimmt nichts davon annehmen!"

„Einverstanden, Ingrid!", willigte Papa, ohne auf Herrn Zieglers Einwand zu achten, in Mamas Vorschlag ein. „Aber ein Vorzugsrecht möchte ich mir dennoch genehmigen, nämlich, dass wir den gesamten Christbaumschmuck behalten, wir brauchen ihn hernach für den Baum. Lina, was wünscht du dir, vielleicht das Back-und Kochgeschirr?"

Lina nickte erfreut und Mama legte ihr die Schachteln mit dem Back- und dem Kochgeschirr in die ausgestreckten Arme.

„Die sind aus Eisen", dachte ich mir, „die bekommt sie nicht so leicht kaputt."

„Jungs, ihr habt die Wahl", forderte uns Papa auf.

Ich griff mir das große Bastelbuch mit den Plänen der Windmühlen und Wasserräder. Vor meinen geistigen Augen drehte sich schon eins der Modelle unten in der Modau, dort, wo der kleine Wasserfall plätschert. Paul griff sich fast zeitgleich das Flugzeug-Bastelbuch und Egon das Schiffsbastelbuch.

„Ingrid, hast du schon gewählt?", fragte Papa meine Mutter.

Sie wünschte sich, fast hätte man es sich denken können, die Samenbeutel und die nostalgischen Einweckgläser mit dem Einkochbuch.

Dann drückte Papa Frau Gruber und Frau Ziegler die Schachteln mit dem Kaffee- und dem Tafelgeschirr in die Hände und legte die Back- und Kochbücher obenauf.

„Sie machen es unter sich aus, wer was davon möchte", meinte er.

Jeder Widerspruch war zwecklos, alle bedankten sich artig für die unerwarteten Weihnachtsgeschenke. Mama schlug vor, sich die Bücher gelegentlich gegenseitig auszuleihen.

Im Wohnzimmer stellte Papa die Schachteln mit dem Weihnachtsschmuck auf den Tisch und meinte, es wäre schön, wenn unsere Gäste noch ein wenig Zeit hätten, um mit uns zusammen den Baum zu schmücken. Mama füllte den heißgemachten, alkoholfreien Glühwein in Gläser, wir prosteten einander zu und wünschten uns ein frohes Weihnachtsfest.

„Wir sollten uns duzen", schlug Papa spontan vor. „Ich heiße Adam."

„Sabine", beeilte sich Frau Ziegler zu sagen.

„Helmut", Herr Ziegler verbeugte sich reihum.

„Gerda", sagte Frau Gruber ein wenig verlegen und auch Mama nannte ihren Vornamen.

Wir Kinder schauten dieser schlichten Zeremonie verwundert zu, waren die Großen jetzt Blutsbrüder- und Schwestern oder sowas?

„Für euch gilt das DU auch", meinte Herr Ziegler und lächelte uns breit an, was selten genug vorkam.

Auf jeden Fall schmückten wir dann zusammen den Tannenbaum. Nachdem Papa den Schemel aus der Küche geholt hatte, steckten die Großen vorsichtig den buntglitzernden Weihnachtsschmuck an die stachligen Zweige, wir Jungs durften die Sternkerzenhalter festklammern, die von Mama und Lina mit weißen Kerzen bestückt wurden.

Als die Kerzen brannten, war ich mir ganz sicher, einen schöneren Christbaum konnte es auf der ganzen Welt nicht geben.

Aber ich war total erschöpft und legte mich ein wenig auf das Sofa.

„Wie du wieder aussiehst, Fred", meinte Egon und betrachtete mich kopfschüttelnd, „einfach zum Fürchten. Lass dich jetzt lieber nicht von der Polizei erwischen, die würde dich glatt verhaften!"

„Ach, Egon", erwiderte ich müde, aber wohlwissend, dass er einen gehörigen Respekt vor Viren hatte. „Vielleicht schenke ich dir doch noch ein paar von meinen Restviren, dann könntest du die ganzen Weihnachtsferien über im Bett liegen und dich bemitleiden lassen!"

Sollte nun einer auf die Idee kommen, Egon und ich konnten uns nicht leiden, weil wir uns gern auf die Schippe nahmen, den kann ich beruhigen, uns mit dummen Sprüchen übertreffen zu wollen war so eine Art Sport für uns. Paul hielt sich bei derartigen Quatschduellen lieber heraus, das war nicht sein Ding, aber er duldete sie nachsichtig, weil er uns dann nicht für voll nahm.

Nachdem ich mich eine Weile ausgeruht hatte, schaute mich Papa bittend an. „Was meinst du, Frederik", fragte er, „bist du soweit fit, dass du uns das Weihnachtslied vorspielen kannst, das du für das Krippenspiel eingeübt hattest?"

Lina schmiegte sich müde auf Mamas Schoß und hielt eins der kleinen Backförmchen, das ihr das Christkind gebracht hatte, in den Händen.

„Bitte, Fredi, das wäre echt toll", murmelte sie.

Alle schauten mich erwartungsvoll an, also nickte ich ergeben und marschierte zu meinem Harmonium. Ich hatte es erst im Oktober von Oma und Opa zum Geburtstag bekommen, aber Mama hatte mir schon viel darauf beigebracht.

Ich setzte mich auf den Hocker, das Notenbuch lag noch so aufgeklappt im Ständer, wie ich es beim letzten Üben verlassen hatte. Ich nahm den Deckel hoch, machte ein paar Fingerübungen, setzte mich gerade hin und gab mein Bestes:

„Es ist ein Ros' entsprungen, aus einer Wurzel zart. Wie schon die Alten ´sungen, von Jesse kam die Art.“

Hinter mir sangen oder summten alle mit, Mamas und Papas Stimmen hörte ich heraus.

„Und hat ein Blümlein bracht, mitten im kalten Winter, wohl zu der halben Nacht.“

Zuletzt hatten sich ein oder zwei klitzekleine Fehler eingeschlichen, die aber keiner zu bemerken schien. Dann, nach einem kurzen Nachspiel, ging ich zurück zum Sofa und setzte mich. Alle applaudierten und ich war glücklich und stolz, wenn auch sehr erschöpft.

Lina war auf Mamas Schoß eingenickt.

Ich legte mich hin und schaute in die ruhig brennenden Kerzenflämmchen unseres besonderen Weihnachtsbaumes, die sich mehr und mehr glitzernd ineinander verwischten.

Das Stimmengewirr der mir vertrauten Menschen mummelte mich angenehm ein.

„Wie heißen sie doch gleich? Welche Vornamen hatten sie vorhin genannt?"

„Ach", dachte ich, „Namen sind wie Schall und Rauch, ich mag sie auch ohne Vornamen. Morgen werde ich sie noch einmal danach fragen, dann werde ich sie mir schon merken.

Übrigens, eh ich diese Geschichte abschließe, muss ich noch Folgendes nachtragen:

Klar, dass ich in der Waschküche für die Erdmänner eine mit frischen Batterien versehene Taschenlampe hinterlegte, die dann auch verschwand. Man weiß ja, mit launischen Naturgeistern sollte man sich gut stellen, oder?

Eine Woche nach diesem denkwürdigen und doch so wunderbaren Weihnachtsfest, am Silvestertag also, bewegten sich vier vermummte Gestalten auf einem freigeschaufelten, schmalen Weg, an einem prächtigen Schneemann und an aufgehäuften Schneebergen vorbei, vom Wohnhaus hinüber zur Scheune.

Das kleine Räumfahrzeug der Gemeinde war nicht dagewesen, denn derzeit waren alle Räumfahrzeuge von Gadernheim im Einsatz. Obwohl die Schneefälle deutlich nachgelassen hatten, herrschte immer noch ein Schneechaos im Odenwald, was tagtäglich im Radio zu hören war.

Jedenfalls wollten die Eltern Lina und mir endlich ihre Weihnachtsgeschenke zeigen, die sie in der Scheune versteckt hatten und bisher für uns nicht erreichbar waren. Es waren zwei lenkbare Schneebobs, meiner blau und größer als der rote von Lina. An beiden Bobs hingen an den Lenkern Schneebrillen, die an meinen Bob hatte man den Schneemann abgenommen.

Obwohl wir uns echt darüber freuten und wir in diesem Winter noch eine Menge Spaß damit hatten, spürten wir doch, der Zauber dieser besonderen Weihnacht, der ersten in unserem Bauernhaus im Modautal, war vorbei.

Die Erdmänner ließen sich danach nicht mehr blicken, womöglich taten sie das nur in ganz besonderen Fällen. Aber das macht nichts, ich weiß ja, sie sind da und sie akzeptieren uns.

Ich hab' das Christkind leibhaftig gesehen.

Ja, es stimmt, einmal, am Heiligen Abend habe ich das Christkind leibhaftig gesehen.

Ich heiße Annalena und war sieben Jahre alt, mein Bruder Anton war zehn, als wir an jenem Heiligen-Abend voll Vorfreude und Spannung auf die Bescherung warteten. Plötzlich klingelte es an der Haustür, seltsam, wer mochte das um diese Zeit wohl sein? Mein Bruder ging an die Tür und fragte, wer da sei und draußen bat jemand ziemlich aufgeregt um Hilfe, es sei dringend. Inzwischen waren auch die Eltern an die Tür gekommen und öffneten sie. Draußen stand ein merkwürdiges Männchen, kaum größer als mein großer Bruder Anton, und doch musste es erwachsen sein mit seinem eisgrauen, kurzen Bart und den klugen, dunklen Augen unter buschigen, grauen Brauen. Es steckte in einer dicken Joppe, einer festen Hose und in Stiefeln, die ihm fast bis zu den Knien reichten, über seinen Kopf hatte es eine dicke Pudelmütze gestülpt und seine Hände steckten in Fausthandschuhen. „Bitte kommt schnell", bat es, „wir kommen nicht weiter, unser Schlitten ist im Schnee steckengeblieben."

Da gab es kein Zaudern, jemand brauchte dringend Hilfe, jemand brauchte uns. Wir schlüpften eilig in unsere Wintersachen, Papa griff sich sicherheitshalber eine Schneeschippe, dann folgten wir dem Männchen. Der festgefahrene Schlitten konnte ja nicht allzu weit von unserm Haus entfernt sein, dachten wir, schließlich hatte das Männchen an unsere Tür geklopft.

Es war bitterkalt, das Männchen hatte recht, den Leuten auf dem Schlitten musste schnell geholfen werden. Während es uns voraneilte, sich dabei immer wieder nach uns umschauend, um sich zu vergewissern, dass wir ihm auch wirklich folgten, ging es zuerst durch den stillen Ort, bis hin zum nahen Wald. Im Wald war es stockdunkel, wir mussten uns an den Händen fassten, um nicht andauernd über Wurzelwerk zu stolpern, nur das spärliche Licht der Laterne, mit der uns das Männlein voranleuchtete, half ein wenig.

Langsam wurde es uns bang zumute, hatte uns das Männchen womöglich hereingelegt?? Mussten wir gar um unser Leben fürchten?

Aber da gewahrten wir einen Schein durch die Baumstämme schimmern, er kam von zwei Laternen, die links und rechts neben dem Bock eines großen Schlittens angebracht waren, zwei prächtige Rentiere mit großen Geweihen waren davor gespannt. Und tatsächlich, die Kufe des Schlittens staken tief in einer Schneewehe, das Männlein hatte also die Wahrheit gesagt, es wollte uns nichts Böses. Wir atmeten erleichtert auf.

Das Kind auf der Rückbank des Schlittens bemerkten wir erst jetzt. Es war in eine flauschige Decke gehüllt, unter seiner Wollmütze stahlen sich reihum vorwitzige, helle Löckchen hervor. Es lächelte uns freundlich an und bat uns, auf den Schlitten zu kommen. Ich war wie hypnotisiert, meine Familie anscheinend nicht minder, sie schien völlig zu vergessen, weshalb wir gekommen waren.

„Schön, dass ihr da seid", meinte das Kind mit sanfter Stimme. „Ich habe es so sehr gehofft."

„Sollten wir nicht versuchen den Schlitten freizubekommen?“, erinnerte sich Papa endlich auf das, was eigentlich dringend nötig zu tun war, aber da hörten wir das Männchen, wie es mit freundlicher, sonorer Stimme mit den Rentieren redete. Und als es sich dann verblüffend behände auf den Bock schwang, beeilte sich auch meine Familie auf den Schlitten zu klettern und auf der Bank gegenüber dem Kind Platz zu nehmen.

Das Männchen schnalzte mit der Zunge und der Schlitten, zuerst ein wenig ruckend, glitt mit uns so lautlos und ruhig dahin, als würden wir über den unebenen, vereisten Waldboden schweben. Das seltsamste war, es wunderte mich kein bisschen, so sehr war ich verzaubert von dem Kind und der Aura, die es umgab.

Wir kamen aus dem Wald und schwebten, wie mir schien, still an den Häusern des Ortes mit ihren sternengeschmückten Fenstern vorbei, da und dort stand in einem Vorgarten ein leuchtender Tannenbaum, Musik lag in der Luft.

Dann hielt der Schlitten direkt vor unserem Haus an.

„Danke“, meinte das Kind sanft, es blickte uns lieb an, aber aus seiner süßen Stimme war auch unüberhörbar ein Hauch von Traurigkeit zu hören, „Ihr habt geholfen, als Hilfe gebraucht wurde. Mit eurem Mitgefühl habt ihr Weihnachten möglich gemacht. Das gelingt nicht immer, denn es gibt zu viel Hass und Missgunst in der Welt. Bleibt mitfühlend, dann kann es immer Weihnachten sein, nicht nur am Heiligen-Abend. Euch ein frohes, gesegnetes Weihnachten.“

„Frohe Weihnachten", erwiderten wir und das erste Mal wurde mir, der Siebenjährigen, die volle Bedeutung dieser zwei Worte bewusst

„Friede den Völkern und den Menschen ein Wohlgefallen."

Wir stiegen vom Schlitten, das Männchen wandte sich noch einmal zu uns um und rief:

"Danke und frohe Weihnachten!"

Dann schnalzte es mit der Zunge und der Schlitten glitt behutsam davon; und während wir ihm nachschauten, entschwand er im Schein seiner zwei Laternen in die wunderbare Weihnachtsnacht.

Vom nahen Kirchturm läuteten die Glocken zur Heiligen Christmesse.

Wir betraten still unser Haus. Im Weihnachtszimmer leuchtete uns ein hübscher Christbaum entgegen, darunter lagen liebevoll verpackte Geschenke; aber, das spürten wir alle, diese Heilige-Nacht war anders, als die anderen, denn da ist uns das Christkind leibhaftig begegnet.

Wer sollte daran zweifeln.

Meine kleine Schwester Luisa

Als Luisa kam, war ich schon neun Jahre alt, damals wohnten wir bereits in der neuen Siedlung, in einer Vierzimmerwohnung. Allerdings bedeutete das für meinen Bruder und mir einen kilometerlangen Schulweg.

Luisa war meine Halbschwester und der erklärte Liebling meiner Mutter, die bald nach dem Krieg wieder geheiratet hatte. Wenn Luisa schlief, und das tat sie meistens, durfte sich der Rest der Familie nur flüsternd und auf Zehenspitzen durch die Wohnung bewegen. Das war für uns, meinem großen Bruder und mir nicht weiter schlimm, denn wir trieben uns sowieso am liebsten mit Freunden draußen in der Umgebung herum.

Luisa war ein ausnehmend hübsches Kind, mit halblangen Locken und großen, braunen Augen. Wenn Mutter mit ihr spazieren ging, wurde das Kind wegen ihres bezaubernden Aussehens bewundert und Mutter war stolz. Luisa aber ließ die Bewunderung der Leute über sich ergehen, so als wäre sie eine Prinzessin, der man Huldigungen schuldete.

Später, als auch sie in die Schule ging, Mutter brachte sie mit dem Fahrrad hin und holte sie auch dort wieder ab, was mich mit Neid erfüllte, tat Luisa gewissenhaft und mit Sorgfalt, was von ihr erwartet wurde, ohne sich dabei sonderlich anzustrengen. Luisa war sehr ordentlich und diszipliniert, immer adrett gekleidet und nett anzusehen, mit ihrem liebenswerten, etwas hochmütig-reservierten Verhalten erntete sie zwar Bewunderung, gewann jedoch keine Freunde. Darauf legte Luisa offensichtlich auch keinen Wert.

Im Grunde war Luisa das genaue Gegenteil von mir, was sie mir nicht unbedingt näher brachte. Mit meiner dünnen Gestalt und meinen von meiner Mutter kaum zu bändigenden Haaren wäre keiner auf die Idee gekommen mich hübsch zu nennen. Luisa schien alles in den Schoß zu fallen, was mir erstrebenswert und unerreichbar schien. Sie brauchte nicht um Anerkennung zu heischen. Luisa blieb mir fremd.

An jenem Weihnachtstag aber entdeckte ich die geheime Seite meiner Schwester, womöglich, so kam mir der vage Verdacht, beneidete sie mich gar um meine lockere, ungezwungene Art mit den Erwartungen anderer umzugehen. Möglicherweise beneidete sie mich um die Freiheit, die ich mir dadurch bewahrte.

Mein Bruder, inzwischen achtzehn Jahre alt, war seit Tagen überfällig, Mutter war sehr besorgt um ihn. Sie befürchtete, er könnte bei der Kälte und dem Schneetreiben zur Nordsee getrampt sein, denn er schwärmte schon lange von einem abenteuerlichen Leben als Matrose auf dem Meer.

Wie immer in der Adventszeit buk sie auch dieses Jahr Plätzchen, die sie in Schachteln verwahrt, unter dem Elternbett versteckte. Mir war es von jeher ein besonderes vorweihnachtliches Vergnügen, zumindest einmal am Tag unters Bett zu kriechen und mir eins oder zwei von den Plätzchen zu genehmigen. Nicht mehr, denn wenn Mutter es mitbekommen würde, so befürchtete ich, würde sie womöglich ein anderes Versteck suchen.

An jenem Weihnachtstag jedoch, als ich unters Bett kroch, lag schon jemand darunter, nämlich meine kleine Schwester Luisa. Mittlerweile war sie acht Jahre alt.

„Luisa", flüsterte ich baff erstaunt, „was machst du hier?" Angesichts ihres Schokomundes hätte ich mir die Frage sparen können.

Luisa lächelte schelmisch und flüsterte zurück: „Wahrscheinlich dasselbe wie du?"

Luisa hatte es durchaus nicht nötig, unters Bett zu krabbeln und heimlich Plätzchen zu naschen, sie bekam grundsätzlich was sie wollte.

„Ich finde", verriet sie und steckte sich ein Schoko-Nussplätzchen in den schokoverschmierten Mund, „stibitzte Plätzchen schmecken deutlich besser, das findest du doch auch, nicht wahr?"

„Komisch", dachte ich und ertastete mir aus dem Karton einen Dominostein, die mochte ich am liebsten, aber wenn sie es sagt, wird's schon stimmen." Ich biss vorsichtig in den Dominostein, um möglichst lange den Schoko- und Marzipangeschmack im Mund zu genießen.

Dieses Mal gönnte ich mir noch ein Plätzchen und noch eins, denn, muss ich gestehen, neben meiner kleinen Schwester im stillen Einvernehmen eng beieinanderzuliegen war sehr, sehr schön. Es war das erste und einzige Mal.

Ob meine Mutter davon wusste und uns stillschweigend gewähren ließ, das hatte sie nie verraten, Tatsache jedoch war, dass in der Schachtel unterm Bett immer Plätzchen waren und auch am Heiligabend genug in der großen-Schale.

Als sie an diesem Weihnachtsabend zur Elternschlafstube hereinkam, verhielten wir uns unterm Bett mucksmäuschenstill und lauschten. Wir hörten, wie sie leise schluchzte, und während sie aus dem Schrank ihren Mantel holte, klagte sie: „Ich muss in die Stadt und die Polizei verständigen, wer weiß, wo er bei der Kälte ist, er wird furchtbar frieren.

Natürlich machte auch ich mir Sorgen um meinen Bruder, aber im Augenblick noch mehr um meine Mutter, selten hatte ich sie so aufgewühlt und verzweifelt gesehen. Wenn er nur heimkäme, wenigstens heute am Weihnachtstag.

„Luisa!", hörten wir Mutter rufen, sie öffnete die angrenzende Tür zum Zimmer, in dem Luisa und ich schliefen. Dann ging sie in den Flur hinaus und rief nochmal nach Luisa, jedenfalls wusste sie nicht, dass wir mit angehaltenem Atem unterm Bett lagen. Nach mir brauchte sie nicht zu rufen, mich vermutete sie draußen, beim Rodeln oder in irgendeiner Ecke lungernd und ihre Liebesheftchen oder die Cowboyhefte meines Bruders schmökernd, was mir übrigens strengstens untersagt war.

„Pst", hörte ich Luisa neben mir flüstern, das Versteckspielen und die Geheimnistuerei machten ihr offensichtlich Spaß. Den Ernst der Lage schien sie nicht zu begreifen.

„Luisa", mahnte ich sie, „Mama macht sich Sorgen um Achim. Kriech hinaus und beruhige sie, nicht dass sie bei dem Schneetreiben in die Stadt läuft." Immerhin waren es drei Kilometer bis dahin, außerdem wurde es langsam finster draußen.

„Keine Sorge, Anna, Achim kommt heim, noch heute."

Himmel, was redete sie da? War es das Wunschdenken eines achtjährigen Mädchens?

Wir hörten die Wohnungstür auf-und zugehen, Mutter war tatsächlich gegangen. Ich robbte unterm Bett hervor, Luisa hinterher. „Woher willst du wissen, dass Achim heute heimkommen wird", meinte ich verärgert über ihre altkluge Gewissheit, mit der sie dies behauptet hatte. „Ich jedenfalls werde Mutter folgen. Kommst du mit?"

Luisa wollte mitkommen.

Wir wuschen in der Küche, am Spülbecken unsere Schokomünder und Hände, schlüpften in unsere Wintersachen, warfen Vater noch einen Blick zu, er saß wie gewohnt am Küchentisch, die obligatorische Bierflasche vor sich und schien sich um nichts zu kümmern, und schlichen hinaus.

Draußen war es bitterkalt, ein eisiger Wind wirbelte lockere Flocken herum. Es dämmerte schon, ich zog meine-Anorak-Kapuze tiefer in die Stirn und wickelte meinen Wollschall fester um den Hals. Kaum dass wir die Straße sehen konnten, schon gar nicht Mutter, die es sehr eilig zu haben schien.

Auf halben Weg blieb Luisa plötzlich stehen, ich hörte sie sagen: „Sie kommen."

Da sah auch ich zwei dunkle Umrisse vor uns im Schneetreiben auftauchen, es waren Mutter und… Achim, ja, er war es, mein Herz machte einen Freudensprung. Dann standen wir zusammen und lachten uns an. Achim lächelte ein wenig verlegen, ob er wohl begriff, was er Mutter angetan hat? Aber jetzt, hier auf der leeren, dunklen Landstraße im Schneetreiben war alles gut.

Wir hörten von ferne die Glocken der Pfarrkirche und Mutter meinte spontan: „Lasst uns die Christmette besuchen, es ist nicht weit bis zur Stadt."

Ich war froh darüber, denn der liebe Vater im Himmel hatte meine Gebete erhört, dafür zu danken war auch mir ein Bedürfnis.

Also wanderten wir hin zur Stadt, dem Glockengeläut entgegen, Mutter und Achim, sie hatte sich bei ihm untergehakt, vorneweg und meine kleine Schwester und ich, still nebeneinander einhergehend, hinterher.

Da fühlte ich auf einmal, wie sich Luises behandschuhte Hand in die meine schob, es war überraschend und beglückend zugleich.

In der Kirche war der Festgottesdienst schon im Gange, wir fanden noch Platz in der letzten Bankreihe. Als wir ein Weilchen saßen und der Orgelmusik und der Liturgie lauschten, bemerkte ich, dass meine Mutter weinte, still und unaufhörlich flossen Tränen über ihre Wangen, Tränen der Erleichterung und der Dankbarkeit, wie ich glaubte. Mein großer Bruder legte tröstend seine Hand auf die ihre.

Meine kleine Schwester saß zwischen meiner Mutter und mir, ihr zartes Gesichtchen war noch feucht vom Schnee. Sie hielt die Augen geschlossen, ihre Lippen bewegten sich leicht, betete sie? Ein Verdacht stieg in mir auf, eine Ahnung, dass sie nicht das unbeschwerte, bedachte Kind war, wie es den

Anschein hatte. Mit welcher Sicherheit sie behauptet hat, dass Achim heute noch heimkommen wird. Woher wollte sie das gewusst haben? Oh ja, ich beneidete Luisa um ihre Selbstsicherheit, mit der sie mich beschämte, ich beneidete sie um ihr hübsches Aussehen und ganz besonders beneidete ich sie um die Liebe meiner Mutter. Aber was wusste ich wirklich von ihr, von ihren Sehnsüchten und Ängsten?

Luisa blieb mir fremd, ich fand nie wirklich einen Zugang zu ihr.

Ich heiratete früh und zog mit meinem Mann nach München. Als ich schwanger wurde erreichte mich die Nachricht von Luisas Tod.

Nach einer Tanzveranstaltung, so hieß es, sei sie von einem Freund auf seinem Mofa mitgenommen worden, er hatte bei spiegelglatter Straße die Kontrolle über das Mofa verloren und sei auf einen Baum geprallt. Auch er kam dabei ums Leben.

Das allgemeine Entsetzen und die Teilnahme im Ort waren groß, ich aber hatte Angst um meine Mutter. Ja, sie litt unsäglich, aber seltsamerweise schien sie nicht gebrochen. Als ich Gott bitter anklagte, dass er uns Luisa nahm, sie war doch erst sechszehn Jahre alt und die ganze Freude meiner Mutter, da sah mich Mutter traurig an und meinte: „Anna, das darfst du nicht sagen, es ist eine Vorsehung, der wir vertrauen müssen und dürfen. Luisa musste nicht leiden, nicht einen Moment lang, dies wurde mir versichert. Sie ging fort, als ihr Vater und ich alleine zurechtkamen. In der kältesten Zeit aber war sie bei uns wie ein wärmendes Licht. Lass uns trauern, Anna, aber lass uns nicht vergessen, wie froh und dankbar wir sein müssen, Luisa bei uns gehabt zu haben.

Meine tapfere Mutter hatte recht, Luisa war wie ein mildes Licht in dunkelster Zeit, das die Herzen meiner Eltern und nicht nur die ihren gesunden ließ.

Marias weiter Weg

Es war im Jahre 1950, an einem grauen Oktobermorgen, als Resi in unsere Mädchenschulklasse kam. Sie sei ein Flüchtlingskind, erklärte Schwester Angelika, nun, Flüchtlingskinder waren in jener Zeit nicht ungewöhnlich. Ich sehe sie noch vor mir, wie sie in ihrem schäbigen, zu engen Mäntelchen, der am Kinn zugebunden Strickmütze, den blonden Zöpfen darunter, den faltigen Strümpfen an den dünnen Beinen und den geräumigen, aber sauber geputzten und ordentlich geschnürten Stiefeln etwas verloren vor der Klasse stand. Resi aber trotzte den neugierig-kritischen Blicken ihrer neuen Klassenkameradinnen, als sie aufrecht zu der ihr zugewiesenen Bank ging. Sie bekam den Platz neben Fritzi, den einzigen freien Platz, denn neben Fritzi wollte keine freiwillig sitzen.

Resi bekam Fritzis Gehässigkeit schnell zu spüren, fast täglich landeten versehentliche Spritzer vom Tintenfass nebenan auf ihren Heften und Büchern, ihr Pausenbrot verschwand aus ihrem Ranzen oder Fritzi petzte bei Schwester Angelika mit kaum verhohlener Gehässigkeit, wenn Resi irgendwas Belangloses vergessen hatte. Resi war die letzte, die sich dagegen gewehrt oder sich beklagt hätte und das nutzte Fritzi gnadenlos aus und zwar so raffiniert, dass ihr keiner wirklich etwas nachweisen konnte.

Herr Zirpel, er war Priesteranwärter, hatte ein Herz für Kinder, in der Adventzeit erwählte er ausgerechnet Resi aus, um im Krippenspiel am Weihnachtabend beim Festgottesdienst die

Maria zu spielen. Das war eine große Auszeichnung, die nicht vielen Mädchen zuteilwurde, schließlich war das Krippenspiel der Vorschulkinder der Höhepunkt des Weihnachtsgottesdienstes, wenn nicht gar der ganzen Weihnachtszeit. Sicher tat es Herr Zirpel in der guten Absicht, dem scheuen Kind etwas Gutes zu tun und man gönnte es Rosi auch, bis auf eine. Aber dieses Mal hatte es Fritzi gewaltig übertrieben.

Herr Zirpel versuchte in den Proben dem schüchternen Flüchtlingsmädel das nötige Selbstvertrauen zu geben, das sie für die Rolle und den wenigen Sätzen, die sie zu sprechen hatte, brauchte; Und Resi bemühte sich sehr ihrer Aufgabe gerecht zu werden. Sie blühte in ihrer Rolle förmlich auf.

Als sie am Weihnachtsabend neben einem Buben aus der Knabenschule, unter den Klängen der Orgel durch die vollbesetzten Bankreihen der Stadtkirche schritt, lächelte sie ein wenig angespannt, aber stolz. Sie sah mit ihrem gelöstem, welligem Haar, dem weißen, langärmeligen Nachthemd und dem durchscheinenden, zartblauen Gardinenstoff um ihren Kopf, den Schultern und über ihren Rücken fallend wie eine kleine, allerliebste Maria aus.

Als Joseph neben dem Altar an die von Schreinermeister Buchner gespendeten Tür klopfte, um nach einem Nachtlager zu fragen, hörte man Maria neben ihm vernehmlich stöhnen und alle Christmesse-Besucher dachten, so lebensnah hatte bisher noch kein Kind die Maria gespielt. Und als sich Maria im Stall, der ihnen zugewiesenen worden war, neben der Krippe mit der Jesuspuppe auf einen Strohballen niederließ, konnte ihr jeder die Strapazen der vorangegangenen, langen Reise und der Schwangerschaft ansehen, ihr Gesichtchen wirkte gequält und die erlernten Sätze kamen mühsam, fast stoßweise über ihre Lippen. Resi war eine begnadete Schauspielerin, das konnte jeder sehen.

Der Weihnachtsgottesdienst nahm mit der Predigt, den Liedern, den Gebeten und dem Krippenspiel seinen Lauf. Nach dem Segen durften zuerst die Darsteller des Krippenspiels, allen voran Maria und Joseph, mit würdevoll gemäßigten Schritten hinter dem Pfarrer, durch den Mittelgang die Kirche verlassen, dahinter drängte sich nach und nach die Gemeinde. Draußen vor dem Eingangsportal wurden die kleinen Darsteller mit Lob überschüttet, als Resi plötzlich mit einem leisen Aufschrei in den Armen ihrer Mutter zusammenbrach.

Man trug sie in die Sakristei, die Kinder ihrer Klasse und viele Erwachsene blieben ratlos abwartend vor der Kirche stehen, sie wollten wissen, was mit Resi los sei.

Als Herr Zirpel aus der Kirche trat und erklärte, dass man in Resis Stiefeln unzählige Reißzwecken gefunden habe, die Resi zuerst wegen ihrer dicken Strümpfe kaum gespürt haben mochte, sie aber dann bei jedem Schritt arg zerstochen hatten, waren alle sprachlos, ja entsetzt. Wie konnte sowas sein? Vor allem, wer hatte Resi das angetan?

Resi wurde von Herzen bedauert und wegen ihrer Tapferkeit während des Krippenspiels bewundert, Fritzi aber wurde trotz ihren Unschuldsbeteuerungen verdächtigt, die Reißzwecken in Resis Stiefel getan zu haben, wer sollte es sonst gewesen sein? Es wurde sehr einsam um Fritzi. Resi jedoch setzte sich nach den Weihnachtsferien ganz selbstverständlich und unbefangen neben Fritzi und verhielt sich ihr gegenüber trotz des dicken Mullverbands um ihren Fuß, der sie noch wochenlang behinderte, und trotz der Schmerzen, die sie ertragen musste, so freundlich wie zu jedem anderen Kind in der Klasse auch. Auffallend aber war, dass sie sichtlich selbstsicherer geworden war und oft zum Spielen und zu Geburtstagen eingeladen wurde. Fritzi hingegen wurde lange Zeit von ihren Klassenkameradinnen gemieden; aber weil Resi anscheinend nicht nachtragend war oder nicht an Fritzis Schuld glaubte, sondern an das Gute in ihr, und sich Fritzi seit dem Vorkommnis beim Krippenspiel relative unauffällig verhielt, vergaß man die schlimme Geschichte allmählich.

Sankt Martin,
es will mir einfach nicht in den Sinn,
du auf einem hohen Rosse
und der Bettler in der Gosse.
Hast nicht sein Elend mit ihm geteilt,
nur von oben ihm den Mantel gereicht.
Hast ihm nicht den Mantel umgelegt,
nicht gefragt wie's ihm geht.
Du warst der stolze Reiter,
er der Bettler, nichts weiter.
Doch Morgen liegst du vielleicht im Staub
und er ist mächtig, wer weiß es genau.
Geben ist seliger als nehmen,
doch mit fühlendem Herzen helfen,
alleine macht reich.
Denn wir alle sind Gotteskinder und gleich.
Stille Helden des Alltags
sind Engel des Lichts.
Gott sei's gedankt, dass es sie gibt.

Hannelore Deinert ist in Kelheim an der Donau geboren und wuchs ohne Vater auf, er ist im Krieg geblieben. Nach einigen Wanderjahren und einem sehr intensiven Familien- und Berufsleben, sie betrieb in Münster bei Dieburg ein Spielwaren- und Bastelgeschäft, fand sie die Zeit, ihrer Leidenschaft, dem Schreiben, nachzukommen. Sie absolvierte erfolgreich ein Literatur Fern-Studium und schreibt Romane, Kurzkrimis, Gedichte, Jugend- und Kindergeschichten. Ihr Motto ist:

Pures Licht blendet zu sehr, zum Glück gibt es auch den Schatten.

Trilogie

Jugendbücher

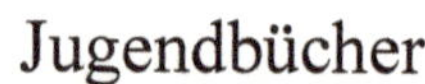

Eine Auflistung aller Buchtitel und eBooks
mit ISBN-Nummern finden Sie auch unter der
Web-Adresse: http://www.hannelore-deinert.de

Die Bücher und eBooks sind im Buchhandel,
den Verlagen oder über BOD im Internet erhältlich.

http://www.hannelore-deinert.de